漫畫 水木しげるの遠野物語

遠野物語

水木茂的妖怪原鄉紀行

水木しげる
水木茂
酒吞童子——訳

Mizuki Shigeru
Mizuki Shigeru's Tono Monogatari

繪草紙
遠野民話

與他地無異，在黃昏時分外出未歸的女子、孩童，常會遇上神隱。松崎村寒戶某個民家的年輕女兒將草鞋遺留在梨樹下，就這麼消失了三十多年。某日，當親朋好友齊聚家中時，已然老態龍鍾的女兒終於歸來。眾人問她是怎麼回來的，她則回道是想見大家一面才回來看看的。
語畢便轉身離去，從此銷聲匿跡。那是個颳著狂風的日子。時至今日，遠野鄉的人們只要一遇上颳強風的日子，就會說寒戶婆要回來了。
（《遠野物語》八話）

繪草紙
遠野民話

同是嘉兵衛的故事。某天晚上，他未能在山中搭建臨時小屋，便靠在大樹下，用辟邪的三途繩整整纏了大樹三圈後，直直抱著獵槍入睡。深夜時分，他察覺到異響，一名作僧侶打扮的巨漢映入眼簾，身穿紅衣、雙臂揮動如翅，籠罩在樹梢之上。他立刻開槍射擊，對方遂展翅飛到空中。當下的恐懼簡直非比尋常。前後三次遇上這等不可思議的遭遇，讓他內心立誓從此放下獵槍，甚至向氏神許願，但隨後又再度反悔，直至年老力衰以前始終不曾放棄獵人一職。
（《遠野物語》六十二話）

※編注：本書第八～十三頁之彩頁特以漫畫原稿狀態呈現，未另置入文字。詳細劇情請參照後頁收錄之各回內容。

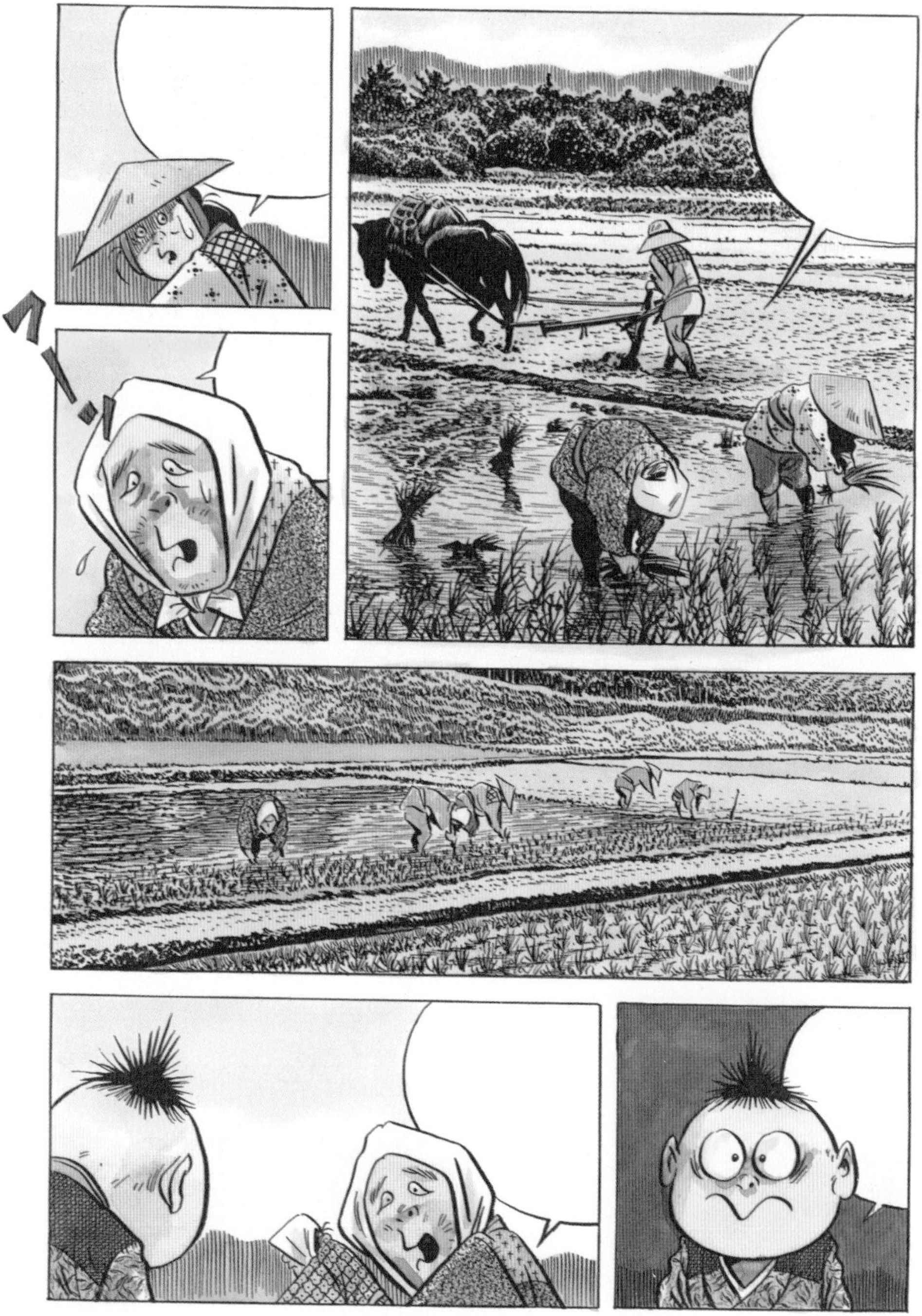
ヘー!!

ドドドドドド

目次 Contents

繪草紙 遠野民話

漫畫 遠野物語 原作・柳田國男

水木しげるの
遠野物語
第一回

「本書內容全來自遠野鄉民佐佐木鏡石口述。
自去年明治四十二年（一九〇九）二月起，他常於夜間造訪，我則將他的言談記錄下來。
想來，遠野鄉應尚有數百則此類故事。
從花卷行去十數里，沿路上有三處街市，其餘皆為青山原野。人煙極其稀少，或許更甚於北海道石狩平原。
而遠野城下則繁華熱鬧。」

一話
「遠野鄉位於今日
※陸中上閉伊郡的
西半部，是一片
群山環繞的平地。」
「在町村區劃新制下，
分為遠野、土淵、
附馬牛、松崎、
青笹、上鄉、小友、
綾織、鱒澤、宮守、
達曾部，
共一町十村。」
這簡直就是
獸徑嘛。

※陸中……日本令制國名。於一八六九年自陸奧國分割後成立。現在相當於岩手縣的大部分和秋田縣東北部。

「欲前往此地，須乘火車至花卷，再橫渡北上川，沿著支流猿石川往東前進十三里，方抵達遠野。」
哇！這裡真的是盆地呢。
ピュ
和柳田老師寫的一樣。

＊啊

＊咻——

二話
此地有所謂遠野三山。分別是早池峰、六角牛山和石神山。
三位年輕的女神各據一山，至今仍管轄當地，相傳遠野女性深怕招來女神嫉妒，絕不入山遊玩。
三話
相傳群山深處有山人居住。
栃內村和野的佐佐木嘉兵衛年少時為了打獵而深入山中……
咦？

＊窸窸窣窣

居然出現在
如此深山中……
這女子真可疑。
ダーン
＊砰——
キャッ
＊呀！
射中了，
我可真是
神準。

＊哇啊——
這女人塊頭真大。
她肯定是山女。
把她的黑髮剪回去作為證據吧。
男人將剪下的髮絲揣入懷中，心滿意足地打道回府，睡意卻突然襲來，他便在路旁大石庇蔭下打盹。
＊鼾——
片刻之後……
＊嘎——嘎——

＊現身
＊鼾——
＊窸窸窣窣
巨漢從打著盹的男子懷中取出山女的頭髮，
彷彿就此釋懷了一般，揚長而去。
原來如此，那是山女的丈夫吧。
是山男。

水木しげるの遠野物語
第二回
遠野一地
為群山環繞，
因此流傳著許多
山女、山男一類
的故事。

四話
山口村的吉兵衛正在山中伐竹時，遇上了一名豔麗的女子……
ガサ ガサ
＊窸窸窣窣
咦？
オギャ オギャ
＊哇——哇——
女子怎會孤身在這種深山裡…？

*哇──哇──
而且還美得
令人屏息……
*飄過──
*呃
*呼──
女子不發
半點聲響地
走過吉兵衛
面前。
吉兵衛實在
嚇壞了，
返家後始終
臥床不起。

※行逢神……在路上擦身而過後會帶來災難的神靈。
啊，太可怕了……
那肯定是山女沒錯……
*嗚呼
說完這句話，吉兵衛便嚥下最後一口氣。
む〜
*嘎——嘎——
カァ
カァ
該不會是被毒氣薰到了吧……
這應該是某種※行逢神吧。

五話
為防遇上如此狀況，
人們開始避走笛吹峠
這條山路。
「人人對此心生畏懼，
往來行人漸疏，
最後於境木峠另闢蹊徑，
並以和山為驛站，
如今人們皆由此越過山頭，
多繞行兩里以上。」
即便多走八公里，
也不願穿越比較近
的山嶺，看來大家
都嚇壞了……

※神隱……被神怪隱藏起來之意，用於人離奇失蹤的情況。
然而「山女」原本似乎也只是一介平凡女子……
六話
青笹村富裕農家的女兒突然消失無蹤……
人究竟跑哪去了？
突然就不見人影了呢。
該不會遇上※神隱了吧？
如此一來就難找了呢。
大家就多留心點吧。

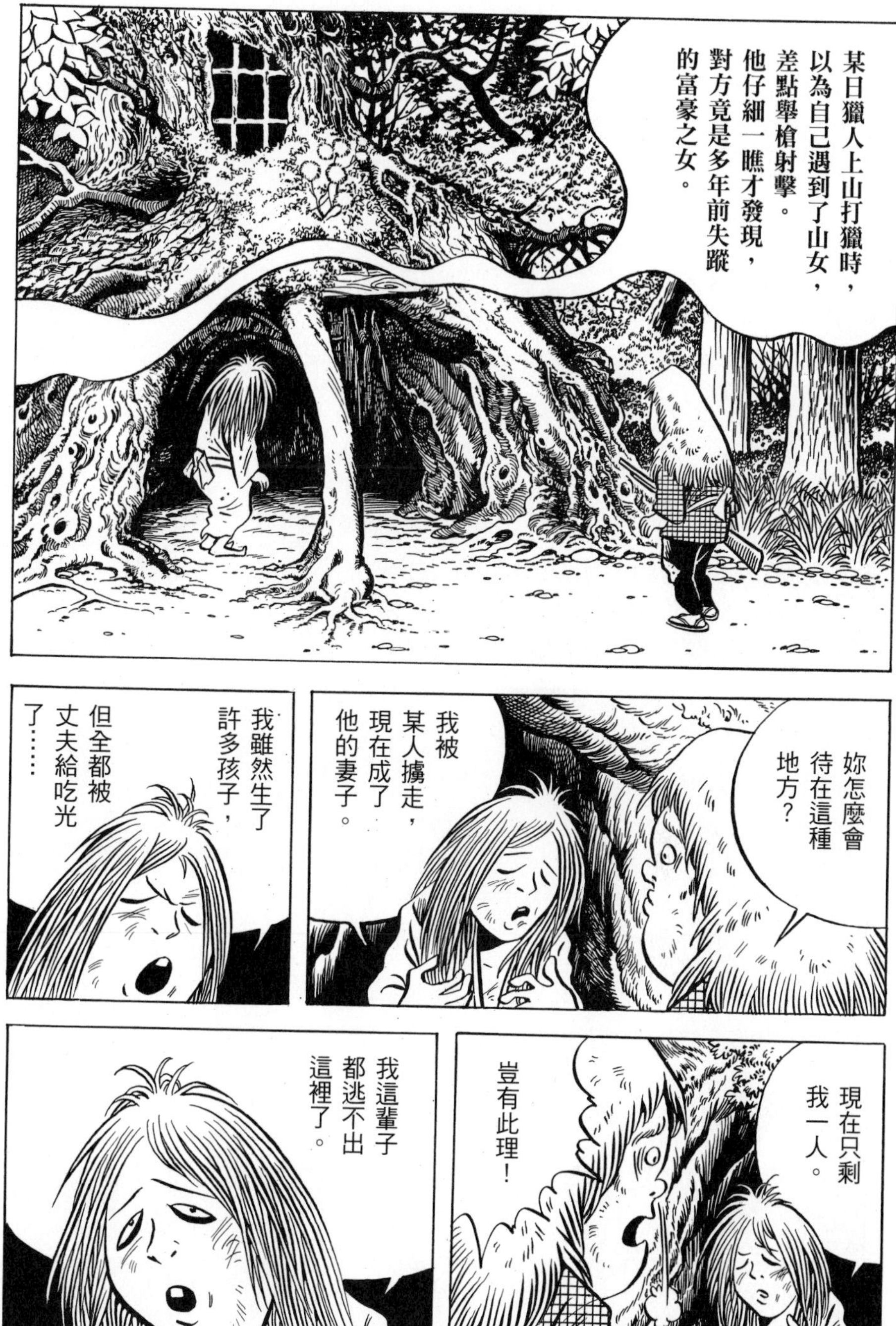
某日獵人上山打獵時，以為自己遇到了山女，差點舉槍射擊。他仔細一瞧才發現，對方竟是多年前失蹤的富豪之女。
妳怎麼會待在這種地方？
我被某人擄走，現在成了他的妻子。
我雖然生了許多孩子，但全都被丈夫給吃光了……
現在只剩我一人。
豈有此理！
我這輩子都逃不出這裡了。

我丈夫應該就快回來了，你還是趕緊逃走吧。
……
……
這、這樣啊……
那妳好好保重……
所謂的神隱事件，說不定都是這麼一回事呢……

水木しげるの
遠野物語
第三回
我去採很多栗子回來喔。

七話
「上鄉村的民家之女
入山拾栗，卻一去
不復返。」
啊，這裡
掉了好多
栗子。

＊驚
＊哇嘎——
＊喝
女子還來不及放聲大叫，就被男子一把擄走。
男子不僅體格高大，據傳連眼珠的顏色也異於常人……

此時，女子家裡……
她還沒回來呢。
怎麼回事？難道發生了什麼事嗎……
女子一去不回，就這麼過了兩、三年……
在這段期間，家人以女子的枕頭作為替身，為她辦了葬禮。
女子在山裡被擄走之後，便成了那位山男的妻子。
這和妖怪畫所描繪的「寒戸婆」應該是類似的故事。

八話
在松崎村的寒戶一地，有個女孩。
有一天，她在梨樹下脫去草鞋，就這麼不知去向了。
這該不會是女兒的草鞋吧……
人究竟跑去哪裡了？
到處都找不到呢。
難道是遇上神隱了……

＊颯——
自此之後，匆匆過了三十年。
＊颯——
啊，好冷呀……
真想趕快喝杯溫酒呢。
加快腳步吧。

當晚，各方親戚都在女子家中齊聚一堂。
ピュー
＊颯——
ガヤガヤガヤ
＊熱鬧哄哄
とんとん
＊叩叩
咦？
剛剛是不是有人敲門？
とんとんとと
＊叩叩叩
是嗎？
你瞧。
應該是有人遲到了吧？
是誰呀？也太慢了吧。
ガラッ
＊唰

老身是這個家三十年前失蹤的女兒。
＊嚇
雖然我聽說過這個故事……
總之，先進來吧。
不，我只是想來看看大家而已……
我要走了。
＊颯——
直至今日，每逢颳狂風的日子，人們就會說寒戶婆好像要回來了。
……真是個悲傷的故事……

水木しげるの
遠野物語
第四回
九話
「菊池彌之助老先生
年輕時以馱運為業，
他的笛藝遠近馳名，
連夜趕馬的時候，
他常常一邊吹笛、
一邊趕路。」
*嗶——嗶——
*嗶——嗶——

※嗚汪……一種在夜晚突然大喊一聲「嗚汪」（うわん）來嚇唬路人的妖怪。

正當他穿過境木峠來到大谷地時……
面白いぞえ〜
真是有趣
＊哇啊——
!?
那是什麼聲音？
……
……
ブルブルブル
＊戰戰慄慄
快逃啊！
這應該類似稱作※「嗚汪」的妖怪吧。
說不定只是單純嚇嚇人而已。

十話
男子入山採菇後，便在山中小屋裡倒頭大睡……
*哇呀——
剛剛的應該是女性的尖叫聲……？
同一時刻，該名男子的外甥正在家中舉起鐮刀。
*哇呀——
據傳當男子的妹妹發出撕心狂吼時，和他在山中小屋聽到女性悲鳴，正巧是同一時刻。

十一話
「該女原本和兒子兩人相依為命，然而婆媳之間感情不睦，媳婦常回娘家，遲遲不歸。」

那天，媳婦正在家中躺著休息。

＊唧唧啾啾

ピヨ
ピヨ

＊哼

到了中午，兒子突然磨起除草的鐮刀。
豈能再繼續讓母親活命。今天一定要殺了她。
＊霍霍
都是我不好，原諒我吧。
我也會洗心革面的，千萬別殺了媽啊！
……
……
＊霍霍
為防母親逃跑，兒子分別為前後門上了鎖。
＊喀鏘

要是我想上廁所該怎麼辦？
在這裡上就好了。
哪有這種蠢事！
＊嘿嘿嘿嘿
啊！
＊喝——
＊噫——
那應該是這家的阿婆的聲音吧？
是呀。

*哇啊啊啊
去瞧瞧狀況吧。
門都被鎖上了。
只好把門撞開了。
啊！
*噫——
*啪噠
你在搞什麼鬼!?
*嘿嘿嘿嘿

＊快住手——
＊嘻嘻嘻嘻
＊喀嚓
快叫警察過來！
＊嘿嘿嘿
警察抵達後，就把男子帶走了。
ケケケケケ
＊嘿嘿嘿嘿
我就算這麼死了，也沒半點怨恨……
還請放我兒子一馬……
據傳男子最後被視為精神異常，因而獲釋返家。

水木しげるの
遠野物語
第五回
以前發生過這樣的事……

即使到了現在，遠野當地仍有許多「說書人」持續口述過去的故事。

十二話
土淵村山口有一位名為新田乙藏的老人，對諸般深山傳說瞭若指掌。
大家都稱他為乙爺，不過……
喂，有誰想聽我說故事的？
最近都沒人來聽故事呢。
這似乎是因為乙爺身上太臭之故。
導致沒人願意靠近聽他說話。
乙爺此時已年近九十，據說他在明治四十二年（一九〇九）的夏天去世。
這位老爺爺該不會是放屁特別臭吧……
還是老人體味太重了呢。

*噗——

十三話
「有位老人獨居山中數十載。」
他原本家世顯赫，卻在少時散盡家財。
因此不再留戀俗世，守在山中小屋裡閉門不出。
ザラ
ザラ
ザラ
即便如此，他還是和馱運馬伕打好了交情，向往來旅人販售甜酒維生。
甘酒

*扒扒

老爹，近來可好？
嗯，最近賺了點錢，正打算下山到鎮上喝點酒。
那就太好了。
老爺爺，你一個人不無聊嗎？
嗯，雖然孩子們都待在北海道，
但只要穿上紅色棉襖、戴起紅色頭巾到鎮上玩，就一點也不無聊啦。
*哈哈哈哈
御酒
當晚……

＊嘻——
＊嘿
＊喝
真愉快，真愉快。
＊哈哈哈哈
儘管如此，他的背影看來仍有些寂寞。
十四話「每個部落必有一戶世家，裡頭祭祀著名為『屋內神』的神祇，
該戶人家則被稱為大同。」

神像由桑木雕刻而成，鑿出臉龐，並於四角布巾的正中央裁出一個洞，接著從頭上套下，作為衣裳。
每逢一月十五日，整個※小字的居民都會齊聚於這戶人家，一同祭拜屋內神。
此外，人們也會以相同的方式來製作並祭拜「御白神」。御白神是養蠶之神，
屋內神則具備了護家神、農作物之神的特性。
大同中必然設有一個面積為一疊榻榻米的房間。

※小字……比町、村規模更小的行政區劃單位，其上層的區劃為「大字」。

*鼾——
相傳只要在這個房間裡過夜，就會發生怪事。
*鼾——
*翻滾
*咕嚕咕嚕
*窸窣

雖然也可能是妖怪※「反枕」所幹的好事，但房間裡畢竟祭祀著御白神，應該算是神明的惡作劇吧。
＊哎呀
此類怪事層出不窮，有時會突然被一把抱起……
＊碰——
有時則是被趕出房間。
根據《遠野物語》記載，想在此平穩睡上一覺，無疑是天方夜譚。

※反枕……一種趁人入睡時移動枕頭，或改變頭腳方向的妖怪。

水木しげるの
遠野物語
第六回

十五話
土淵村大字柏崎的富農阿部氏，在村中被稱為農田之家。

今年人手有點不太夠呢。
就是說呀。但不能因為這樣，田地就只種一半吶。
＊呼——
說得沒錯。
我也來幫忙。
喔，雖然不知道是哪家的小孩，但還真幫上大忙了。

*喀隆叩隆
カタン
カタン
喂——來吃午餐了。
小弟弟也一起吃吧。
咦？人不見了。
我還以為他一直在那邊呢。
*嚼嚼
モグ
モグ
真奇怪……？
待午餐時間結束，正要展開午後的工作時……
咦？他又出現了。

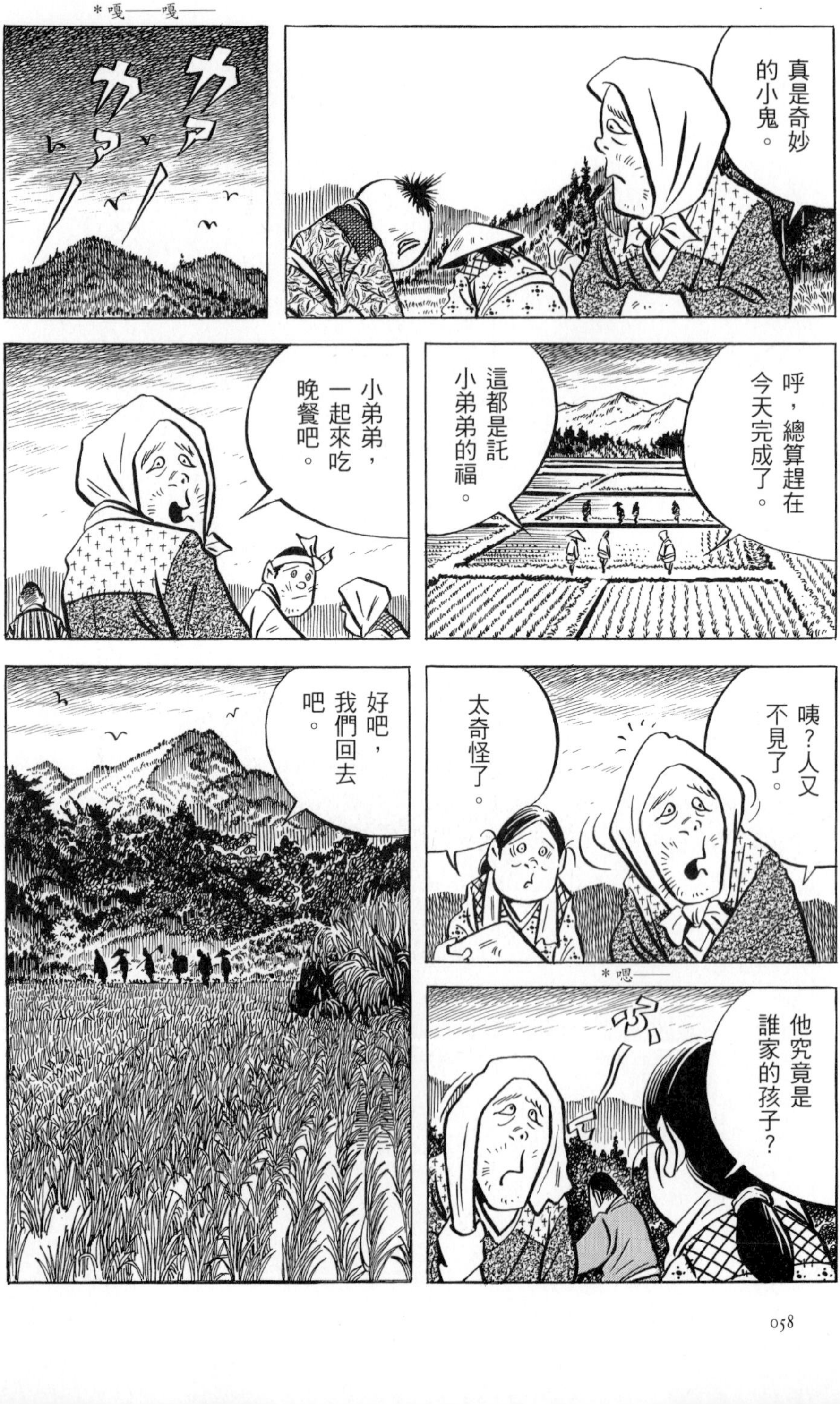
真是奇妙的小鬼。
カァ カァ
*嘎——嘎——
呼，總算趕在今天完成了。
這都是託小弟弟的福。
小弟弟，一起來吃晚餐吧。
咦？人又不見了。
太奇怪了。
*嗯——
他究竟是誰家的孩子？
好吧，我們回去吧。

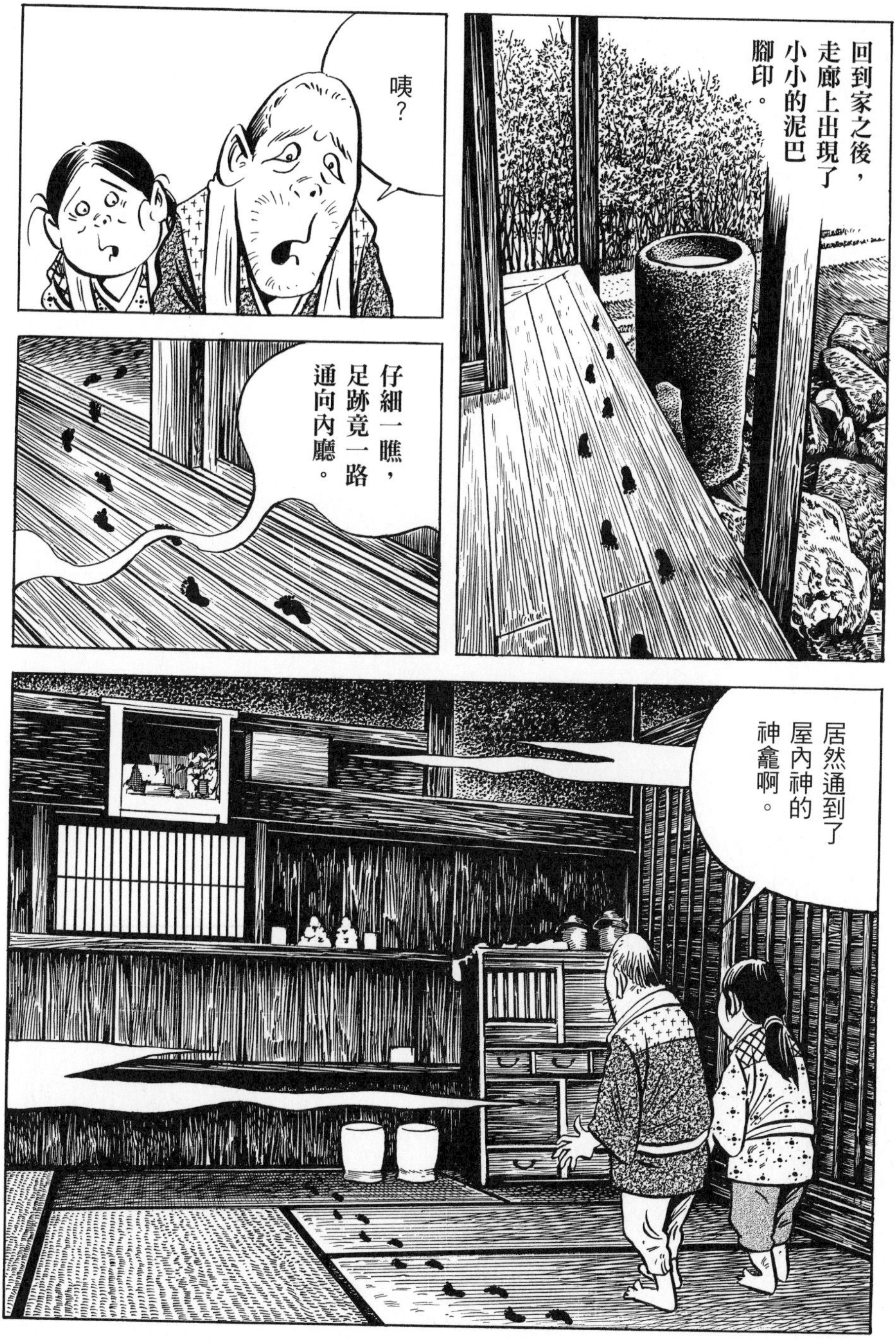
回到家之後，走廊上出現了小小的泥巴腳印。
咦？
仔細一瞧，足跡竟一路通向內廳。
居然通到了屋內神的神龕啊。

該不會……
兩人心念一轉，打開龕門一看，神像腰部以下竟沾滿了田地的泥濘。
只要祭祀屋內神便能修得福報，這便是其中一例。
十六話
祭祀「金精神」者也不在少數。其神體與「御駒神」十分相似，在村中多處可見。
乃以石頭或木材打造成陽具之形，並加以供奉，但也越來越少見了。

十七話
在遠野當地，似乎有很多人家都住著「座敷童子」。
他們多半是十二、三歲的孩子，偶爾也會在人前現身。
此為土淵村大字飯豐的今淵勘十郎家。就讀於女子高中的女兒因休假返鄉的某一天。
*哇
*哎呀
*躂躂躂躂
啊，嚇了我一大跳……
剛剛的肯定是座敷童子。

＊窸窸窣窣
此外，在同村的佐佐木家。
＊窸窣
咦？
隔壁房間應該沒人才對呀……
＊唰
果然沒人。
＊哼哼
接著傳出了鼻息聲……
＊嗯——
應該是座敷童子吧。
「凡為此神寄宿的人家，皆能大富大貴、自在如意。」
日後柳田老師在《妖怪談義》裡雖是將座敷童子分類為妖怪……
然而在《遠野物語》之中，卻是將其視為神明呢。

水木しげるの
遠野物語
第七回
十八話
土淵村山口的山口孫左衛門家中，住著兩名女孩樣貌的座敷童子。

妳們是打哪來的？
我們是從山口的孫左衛門那邊來的。
是喔，那妳們要去哪裡？
我們要去○╳村的△△家。
喔，是嗎……
原來如此……孫左衛門家就是因此而衰亡的呀。

雖然只要家被座敷童子寄宿便會興盛繁榮，但一旦離開，據說就會家道中落呢。
十九話
沒多久之後，孫左衛門家的僕役在梨樹下發現了前所未見的蕈菇。
這裡長了從來沒看過的蕈菇呢。
這到底能不能吃呀？
誰知道，說不定是毒菇呢。
喂，你們全聚在這裡幹嘛？
其實是因為這裡長出了這個玩意兒，大夥兒正在討論能不能吃呢。
不，最好還是別把它吃下肚吧。

但不管是怎樣的蕈菇，只要放進水桶裡，再用麻桿好好攪拌，就絕對不會吃壞肚子呢。
喔，有這麼一回事呀……
到頭來，吃了這蕈菇的二十幾名主僕全中了菇毒，在短短一天之內喪命。
＊嗚哇——
うわーん
唯有七歲的女兒因為在外遊玩到忘了回家吃飯，僥倖逃過一劫。
＊鬧哄哄
ドドド
ヤヤヤ
然而，大批遠近親戚紛紛找上門……
我可是借了錢給這裡的主人呢！
我也早就和這個家說定了！

別管了，把傢俱財物全都搬走！
＊咻——
「儘管貴為村中元老，仍在一夕之間被搜刮得灰飛煙滅。」
就是所謂的家道中落。
＊哇——
二十話
在演變成如此慘況以前，其實曾出現過不祥的前兆。
當僕役正在用鋤頭拌著割好的糧草時，竟從中冒出一條巨蛇。
有巨蛇！
快殺了牠！

怎麼著，怎麼著……在吵什麼？
老爺，這裡出現了一條巨蛇。
什麼，巨蛇……千萬不能殺了牠。
＊啪啪
＊刺
＊哈哈哈哈
僕役們無視老爺的話，當場將巨蛇亂棒打死。
就連在糧草底下蠕動的蛇群，也被他們半開玩笑地打死了。
啊……希望不會出什麼事啊。

此後，主人在屋外挖坑埋下蛇屍，蓋了一座蛇塚。
二十一話
孫左衛門生前是村中極為少見的學者，會向京都訂閱和書漢籍，成天埋首於書本之中，和一般人有點不一樣。
如果和狐狸打好關係，說不定就能習得增財之術。
ふむ
*嗯
他下定決心，在庭院裡建了一座祠堂。
此後，他更親自赴京，請回※正一位的神階。

※正一位……官位或神階中的最高位。其次稱為「從一位」。

自茲以降，他每日供奉油豆腐皮，合掌膜拜。
狐狸也差不多該賜福於我了吧……
＊嗷
或許是因為如此，他與出沒於住家附近的狐狸漸漸熟了起來，即使靠近也不會逃跑。
コンッ
另一方面，村中藥師堂的住持則向齊聚一堂的村民說，
就算不為我佛獻上任何供品，也比孫左衛門更有福報喔。
はは
＊哈哈哈哈
＊哈哈哈哈
就像這樣，三不五時就拿他當笑柄……
ははは
はははは

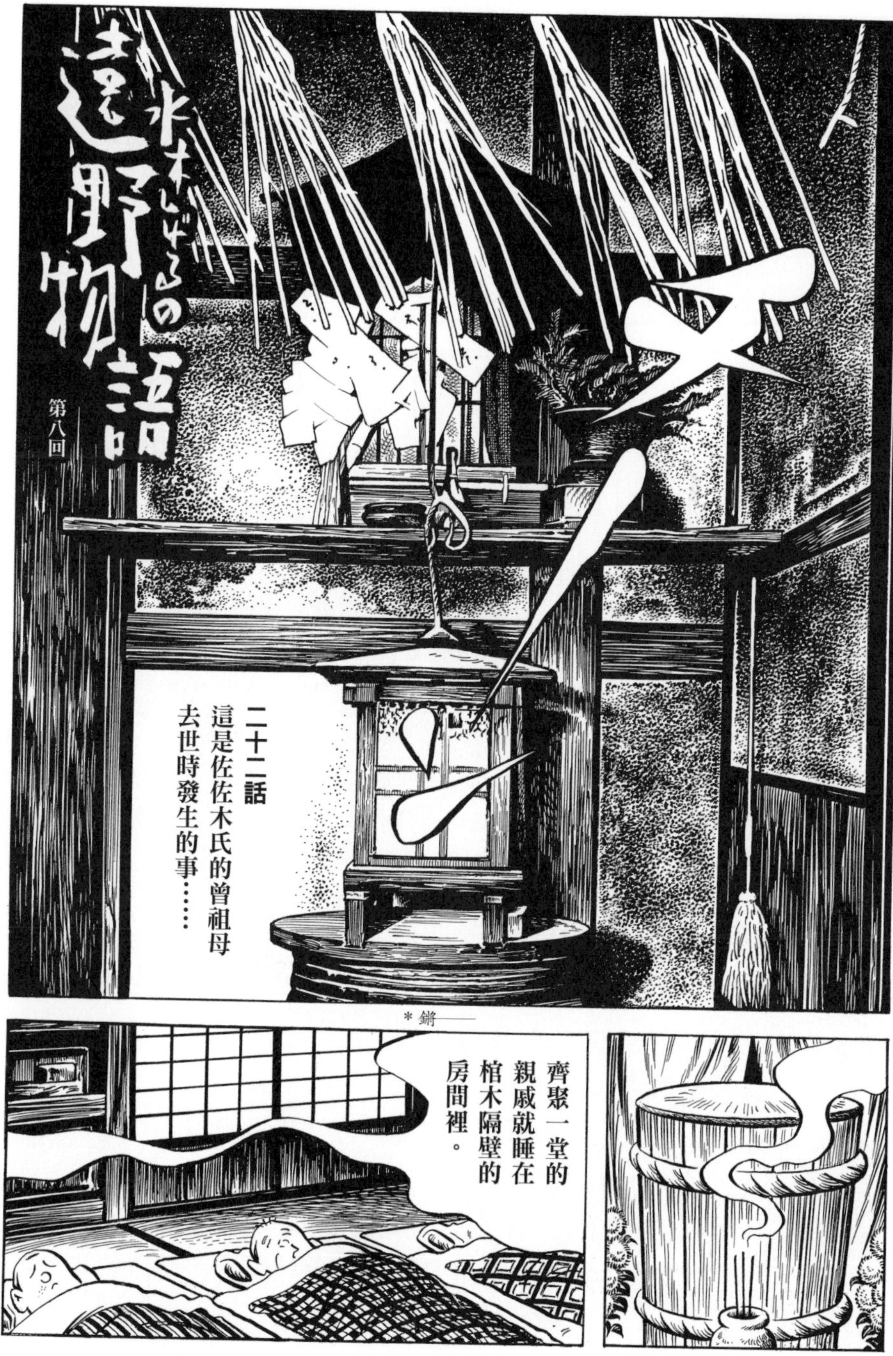
水木しげるの遠野物語
第八回
二十二話
這是佐佐木氏的曾祖母去世時發生的事……
＊鏘——
齊聚一堂的親戚就睡在棺木隔壁的房間裡。

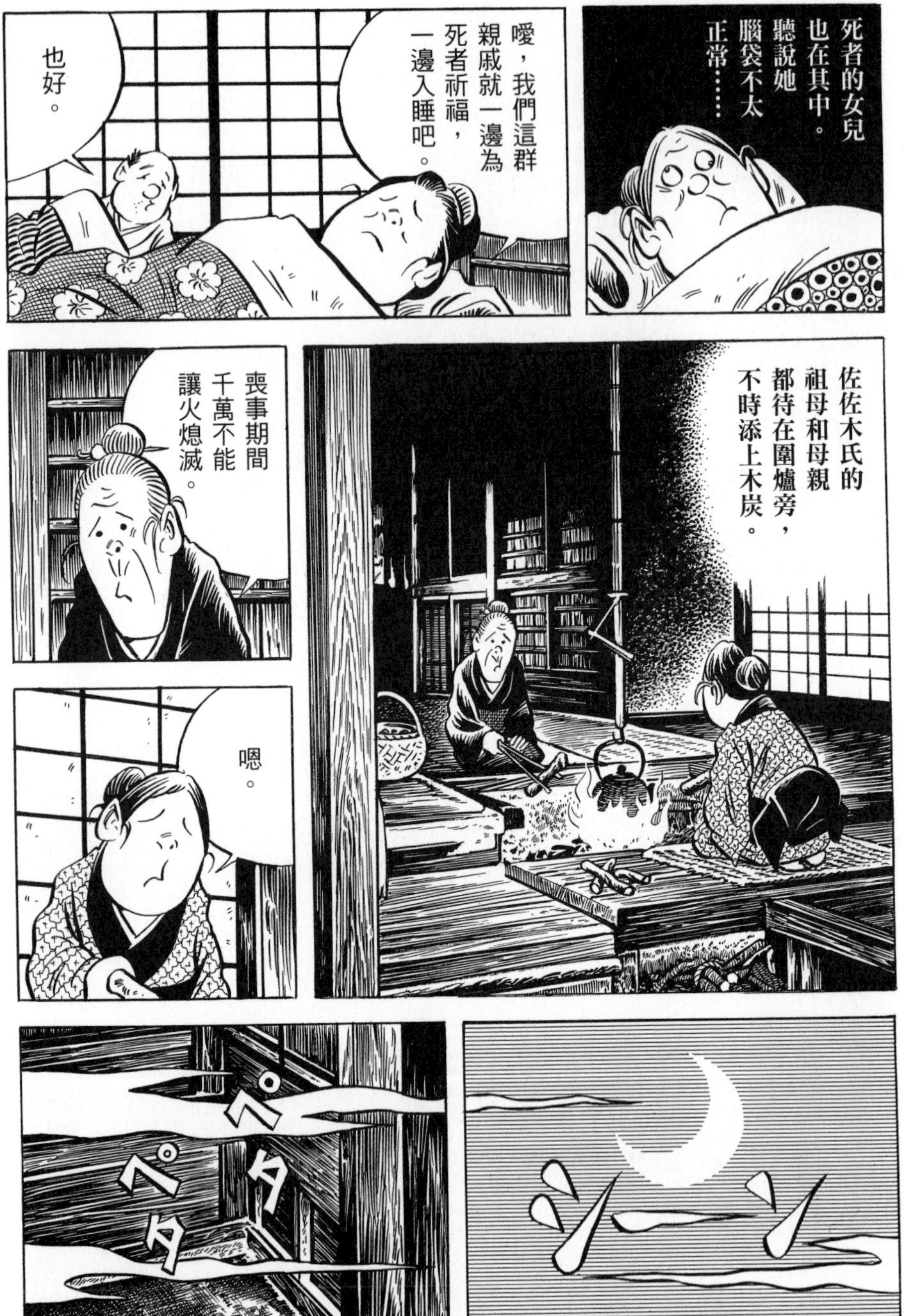
死者的女兒也在其中。聽說她腦袋不太正常……
噯，我們這群親戚就一邊為死者祈福，一邊入睡吧。
也好。
佐佐木氏的祖母和母親都待在圍爐旁，不時添上木炭。
喪事期間千萬不能讓火熄滅。
嗯。
シーン
ペタペタ

*寂然

*躂躂

＊驚　＊唰——

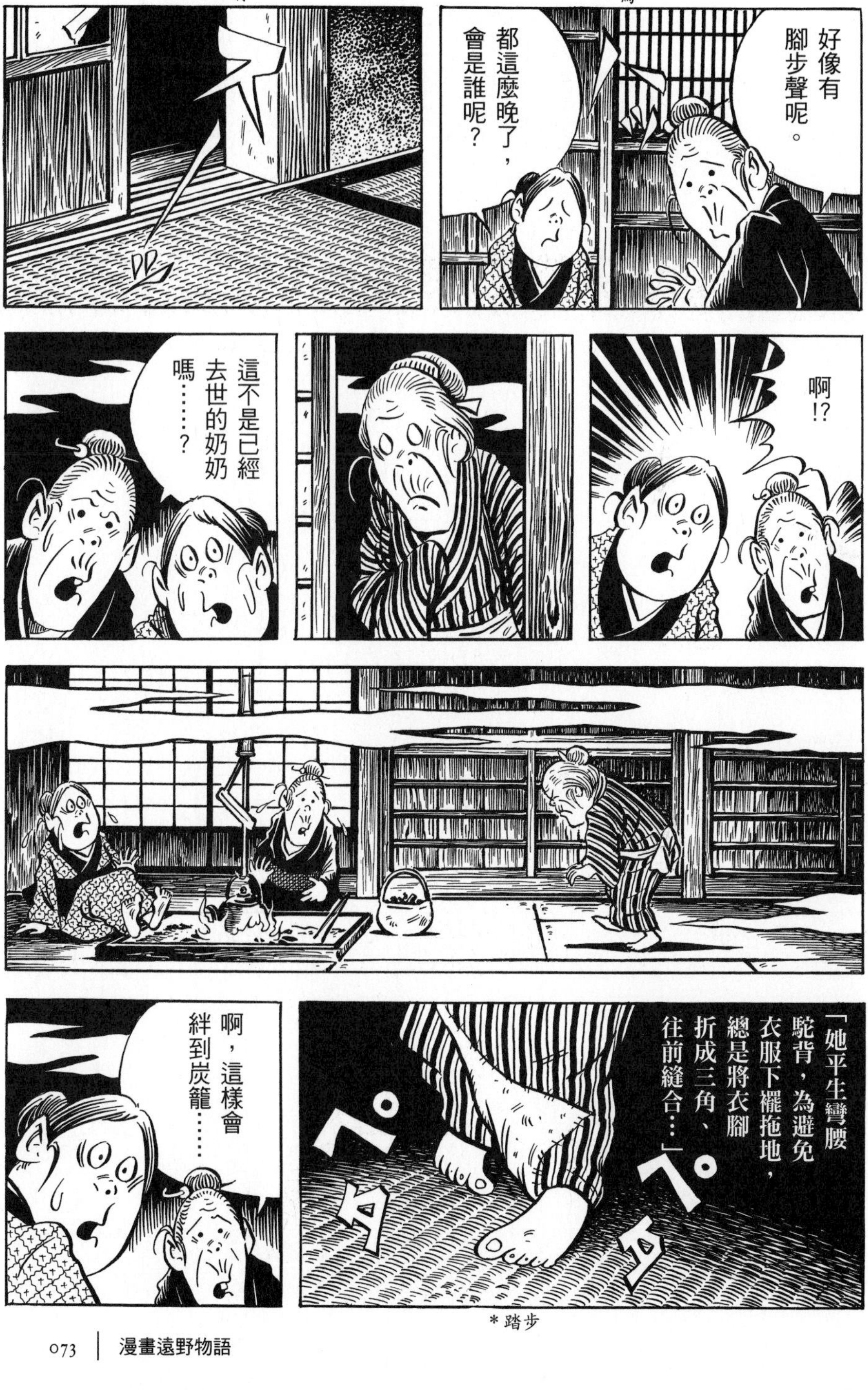
好像有腳步聲呢。
都這麼晚了，會是誰呢？
啊!?
這不是已經去世的奶奶嗎……？
「她平生彎腰駝背，為避免衣服下襬拖地，總是將衣腳折成三角、往前縫合……」
啊，這樣會絆到炭籠……

＊踏步

＊碰
＊溜溜溜
當曾祖母走進親戚休息的房間時……
＊哇——
奶奶來了！
奶奶來了——
怎麼了，怎麼了。
親戚全都被死者女兒的叫聲吵醒，嚇得驚慌失措。
二十三話
在這位曾祖母※二七日的前夜，親戚齊聚一堂，直到深夜都在誦經。
＊南無阿彌陀佛——

※二七日……死後第十四天。於前夜舉辦法會。

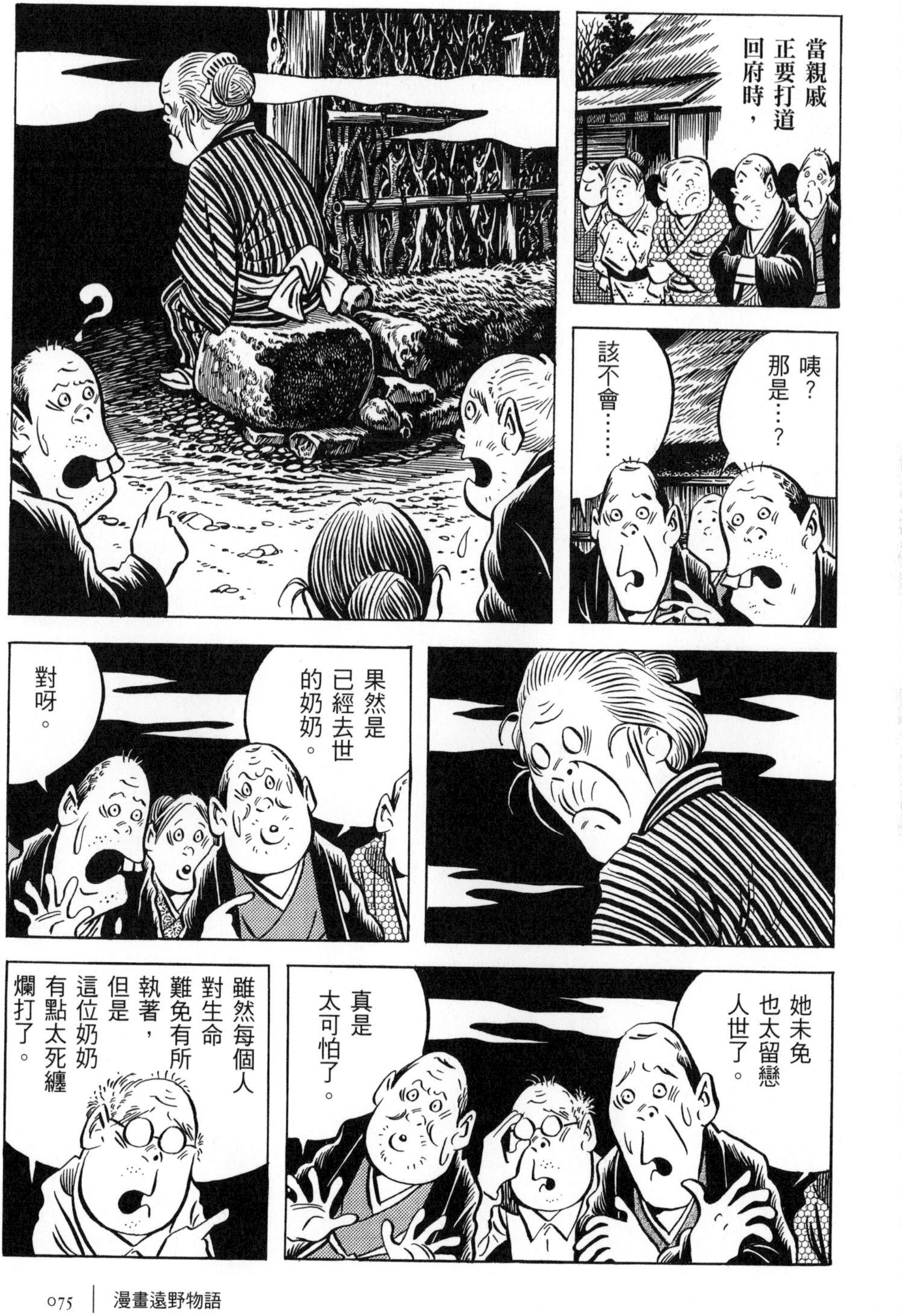

當親戚正要打道回府時，
咦？那是…？
該不會……
果然是已經去世的奶奶。
對呀。
她未免也太留戀人世了。
真是太可怕了。
雖然每個人對生命難免有所執著，但是這位奶奶有點太死纏爛打了。

二十七話
池端家的上代家主從宮古返家途中，行經閉伊川的原台淵附近時，眼前出現了一名年輕女子。
方便的話……不好意思，可以麻煩幫我代送這封信嗎……？
？
遠野後方的物見山山腰有座池塘，到了那裡
只要拍拍手，收信人就會現身……
我正好要回遠野，只是幫忙送個信的話沒問題。
實在感激不盡。
話說完，他便與女子別過……
雖然不小心就答應了……
但總覺得有點不太對勁。

※六部……走遍日本各地的行腳僧。原指抄寫六十六部《法華經》、至全國六十六處靈場奉納的修行方式。

她一邊說著，一邊取出小小的石臼。
？
只要將一顆米粒放進去碾磨，底下就會出現黃金。
喔喔。
相傳男子家因此致富。
然而他貪心的妻子卻一次放進了許多米粒，
ザッザッ
*沙沙
石臼失控地碾磨了起來。
くるくるくる
*溜溜溜——
ゴ
*轟——
結果，男子每天早上為石臼供奉的清水大量泉湧而出，硬是將妻子捲了進去。
あれ
*哎呀——
「這灘水窪日後積成一小池，至今仍在家屋旁。相傳這家人之所以以池端為姓，便是由此而來。」
原來如此……做人可不能太貪心呢。

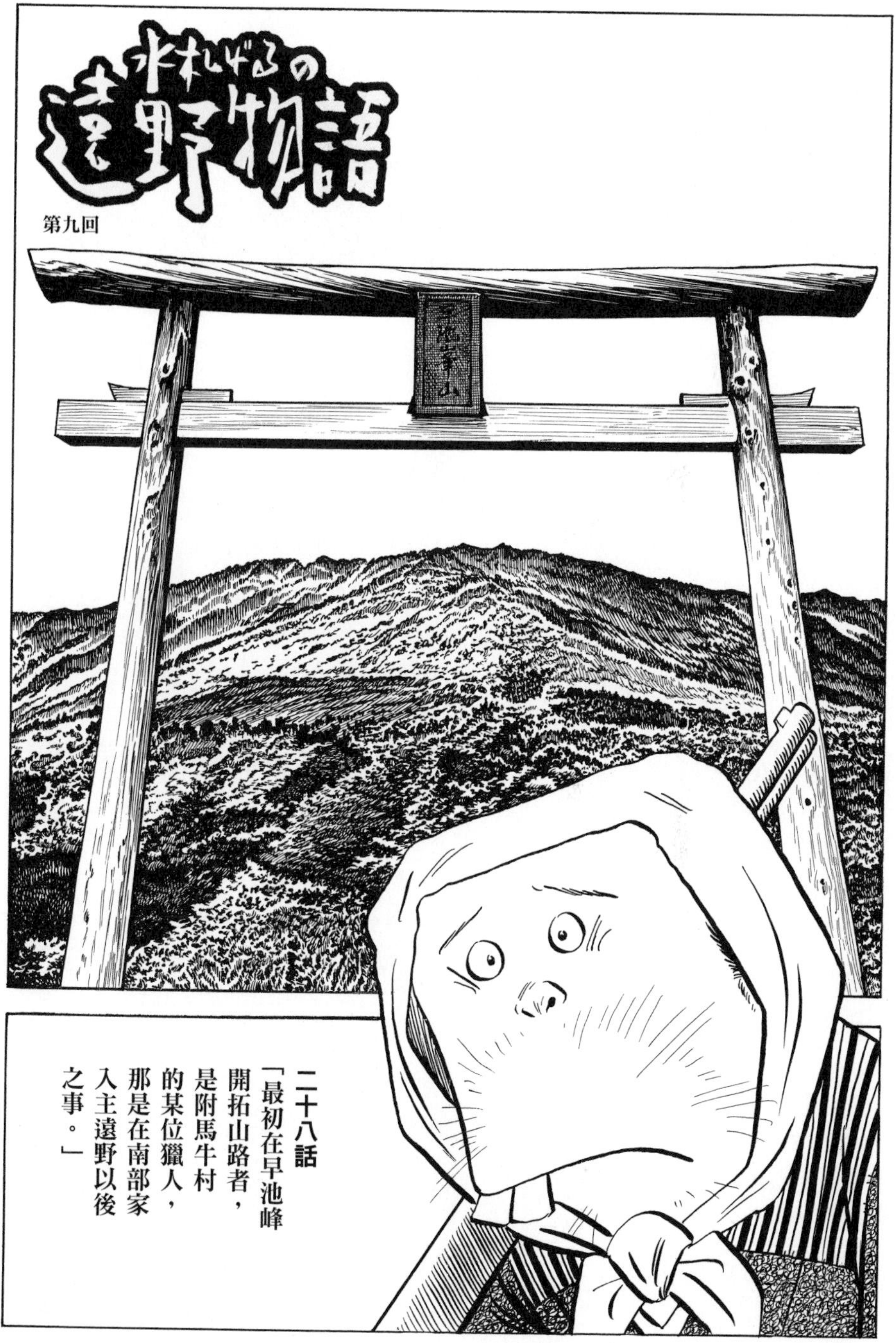
水木しげるの遠野物語
第九回
二十八話
「最初在早池峰開拓山路者，是附馬牛村的某位獵人，那是在南部家入主遠野以後之事。」

在此之前，當地人向來對這座山避而遠之……
當時有名獵人開路開到一半，在半山腰建了一座臨時小屋。
就在某一天……
＊嚼嚼
這塊麻糬真彈牙，真好吃。
是誰？

*呼——
*大吃一驚
*嗤
*呃——
*嚼嚼
這、這塊也請你吃。
*大口吞下
大和尚開開心心地吃光所有的食物，便離開了小屋。
翌日——

他今天說不定
還會出現，
就在裡面摻點
石頭吧。
他擺了幾顆外觀
很像麻糬的白石，
就這麼烤了起來……
ガブ
＊咂——
果然不出預料，
大和尚又跑來
吃麻糬了。
もぐもぐ
＊嚼嚼
他把其中
一顆白石頭
丟進嘴裡。
パク
＊大口
＊哇！
＊衝——
大和尚被烤得滾燙
的石頭嚇了一跳，
慌忙衝出小屋，
最後慘死谷底。

二十九話
相傳雞頭山上住著天狗，因此從來沒有人敢爬上這座山……
山口的跳人家主人年輕時常拿斧頭割草、用鎌刀挖土，
為人作風極盡魯莽之能事。
是個無法無天的傢伙。
*吁吁
某日，他與人對賭，獨自登上了雞頭山。
終於爬上山頂了……
フゥ
フゥ
這塊岩石可真巨大。
*冒出
啊!?

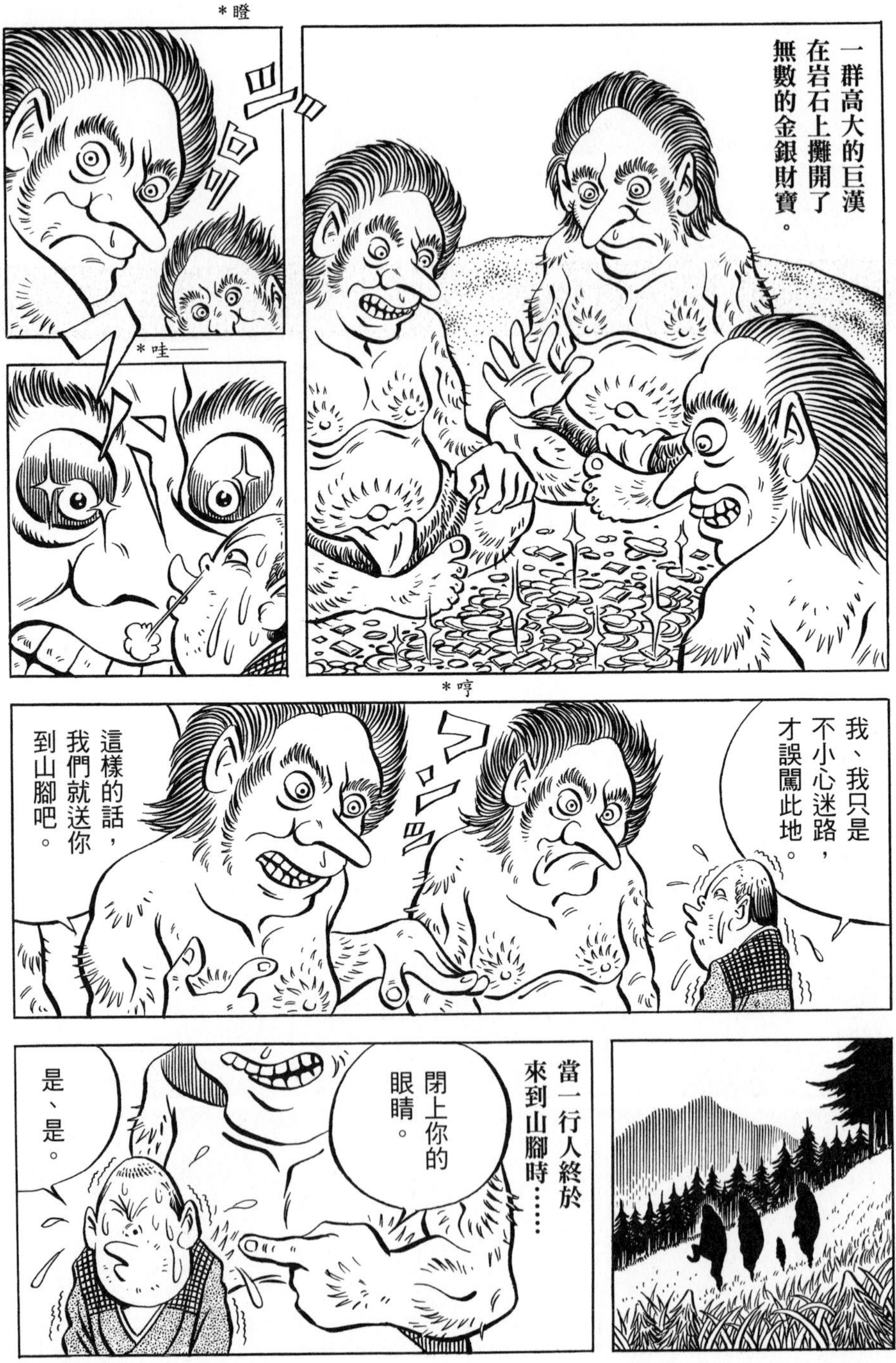
一群高大的巨漢在岩石上攤開了無數的金銀財寶。
*瞪
*哇——
我、我只是不小心迷路，才誤闖此地。
*哼
這樣的話，我們就送你到山腳吧。
當一行人終於來到山腳時……
閉上你的眼睛。
是、是。

＊睜
過了一陣子，他張開雙眼一看……
パチッ
高大的巨漢們已經不見蹤影。
真奇怪，我該不會是在作夢吧……
看來遠野深山中，潛伏著各式各樣的高大壯漢呢。
三十話
這是住在小國村的男子前往早池峰採伐根曲竹時的遭遇。

*轟——轟——
深山裡怎會傳出如此巨響?
*轟——轟——
啊!?
他身旁擺著一雙以根曲竹編成、長達三尺的草鞋。
這山男可真巨大呢。

水木しげるの遠野物語
第十回
三十三話
「若上白望山過夜，深夜時分偶有天色亮起微微白光之現象。」
入秋之時，有男子上山採菇。

今天真是大豐收呢。
*閃——
咦？該不會是天亮了吧……
不，怎麼可能會有這種事。
還是乖乖睡覺吧……
*寂然
*鼾——鼾——

*轟隆——
怎麼回事？
*起身
剛剛那好像是砍樹的聲音吧……
*咿——咿——
這次又像是有人在唱歌一樣……
*咿——
*咿咿咿咿
隔天早上……

昨晚真是發生了一堆怪事。
該不會是做夢吧……
＊啁啾
今天就往更深山一點的地方去吧。
咦？
＊熠熠
究竟是什麼東西在發光？
＊窸窣
啊！這是金子做的水管!?
＊窸窸窣窣

這邊居然還有金杓子！
*熠熠
這下子可找到不得了的玩意兒了呢……
把這玩意兒帶回去的話，大家肯定會嚇一跳。
嘿咻。
這實在太重了，我搬不動。
*呃呃呃
砍去一段帶走吧。
*鏗鏘
這也不成，硬得砍不斷啊……
實在沒辦法了，今天先打住，下次來再說吧。
*呼——
削下一塊樹皮留作記號吧。

男子在樹上做了記號之後，當天就先下山了。
隔天，他雖然帶著數人重返原地…
太奇怪了…
應該是在這一帶才對呀。
你是在唬我們嗎？
*哼
不，我確實在樹上做了記號。
跟你來真是浪費時間。
就是說呀。
回家吧，回家吧。
等、等一下！
這裡真的有金做的水管和杓子！

最後，他還是沒找到做記號的那棵樹。
到了五月左右，男子又上山來割茅草。
「……遠遠望去，山上桐花盛開，宛如連綿的紫雲。」
哎呀，這景色真美。
然而，這座山卻不得輕易擅闖。

千萬不可隨便冒犯山嶺。
戰爭時，我也曾經在山裡待得太舒服，
以為自己要就此化身為一棵樹了。
＊砰砰砰砰
我也在南方叢林裡親身經歷過※「天狗倒」這種只出聲的妖怪。
在遠野則稱之為「天狗 NAMESHI」。
山林總是具有這種神秘的力量呢。

※天狗倒……在深山中突然發出巨大聲響的現象，聲音聽起來就像是樹木被伐倒了。相傳為妖怪所為。在遠野稱為「天狗なめし」。

水木しげるの
遠野物語
第十一回
以前發生過這樣的事。
三十六話
成精的猴、御犬（狼）可是很駭人的。

*嗯——
成精稱為「經立」，動物隨著年歲增長而習得一身妖力，
因此得以四處作怪。
*淅瀝
那一天，雨從早開始下個不停。
放學回家的小學生在行經二石山附近時……
啊！
有御犬！

ガルルルルル
*嗷嗚嗚嗚
*嗥——
ぶるぶるぶるぶる
*顫顫巍巍

狼群此起彼落不停地嚎叫。
*嗥——嗥——
*顫顫巍巍
*哇——
快逃啊——！
*嗥——
牠們看起來就是剛呱呱墜地的幼馬。

實在太可怕了。
狼也會幻化為妖怪呢。
從後方看去雖然體型不大，但世上沒有比御犬嗥叫更令人害怕的事了。
故事到此為止。
＊嗥——
三十八話
有位住在小友村的老者人稱某爺，他年輕時有次醉醺醺地從鎮上返家的途中……

*嗝
哇，御犬在狂吠呢。
*嚎——
*哈哈哈哈
我學得倒也挺像的嘛。
*嗷嗚嗚嗚
*驚嚇
*嗷嗚嗚嗚
*顫抖
該不會跟在我後頭走吧……
*哇——

＊嗥——
＊啪
＊乒乒乒乓
總算得救了。
＊呼——
＊嗥——嗥——
翌晨……
嘿咻，這就來餵馬吧。
啊!?
＊磅啷

馬全都被咬死了！
ギョッ ギョッ
*震驚
該不會是從地基下面挖進來的吧！
這棟房子自此之後開始逐漸傾斜。

水木しげるの
遠野物語
第十二回
三十九話
佐佐木鏡石
小時候和祖父
從山中返家。

啊，爺爺，那裡有鹿！
應該是被御犬（狼）咬死的。
雖然想要鹿皮，但御犬一定就躲在這附近偷看吧。
*嗯——
ふーん
四十話
只要草有三寸高，狼就能輕易隱身其中。
原來如此……
此外，隨著草木枯榮，
狼的毛色也會依季節轉換變化。
就是所謂的保護色吧。

四十二話
「六角牛山的山麓，
有著名為御場屋、
板小屋的地方。
那裡
長滿了茅草。
各村常前來
割取。」
某個秋天，
當飯豐村的男子
前來割茅草時，
意外發現了
一座小石洞。
咦？
＊汪汪

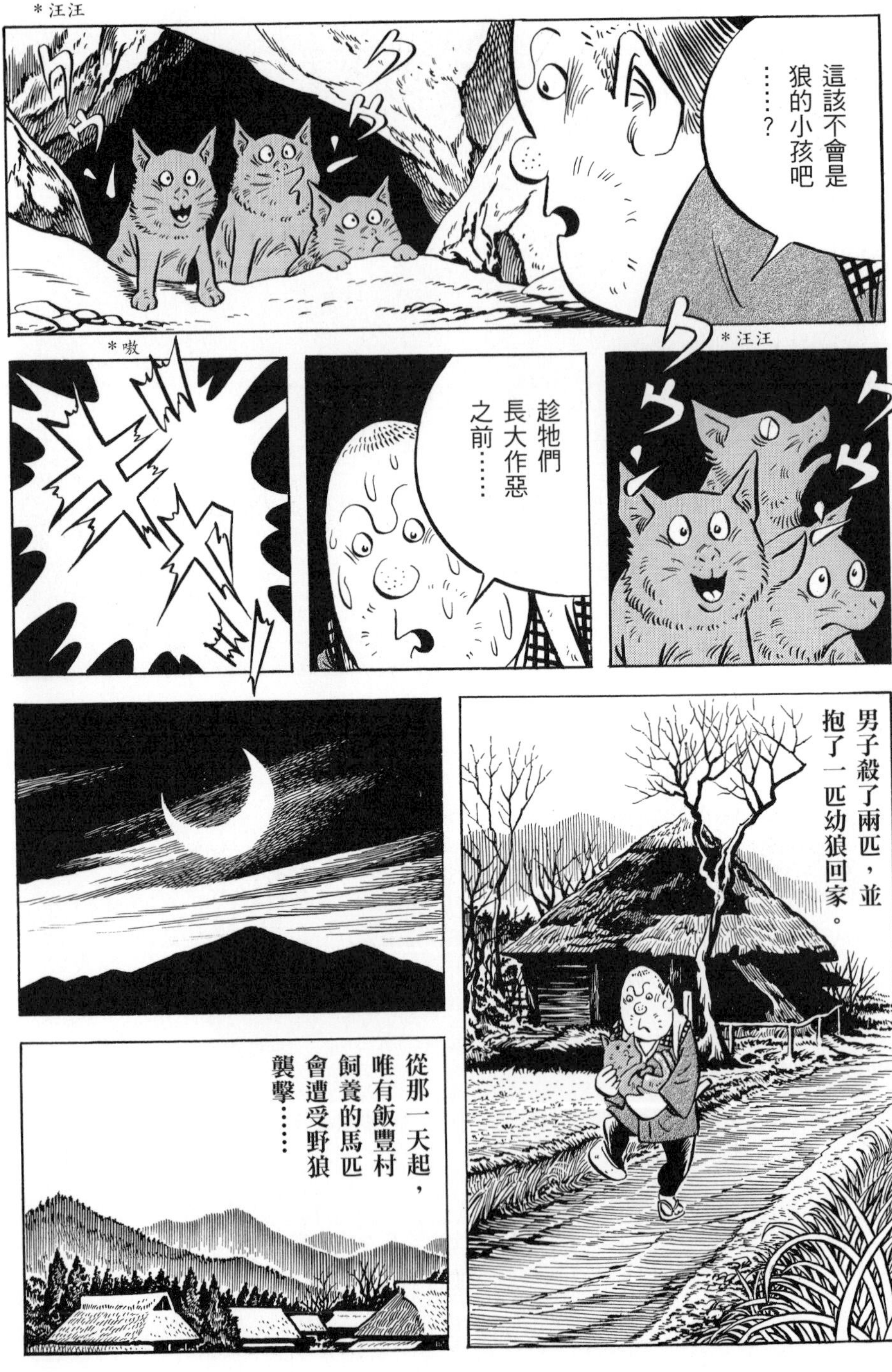

*汪汪
這該不會是狼的小孩吧……？
*汪汪
趁牠們長大作惡之前……
*噭
男子殺了兩匹，並抱了一匹幼狼回家。
從那一天起，唯有飯豐村飼養的馬匹會遭受野狼襲擊……

這可就傷腦筋了。
每天都有馬匹命喪狼口。
該不會是因為我殺了幼狼吧……
好吧，我們來獵狼吧。
沒錯，沒錯。
也算我一份吧。
善於相撲的男子也自告奮勇。
フロ—ッ
＊呼——
村中的青年紛紛集結起來，整裝出發獵狼去。
フロ—ッ
＊呼——

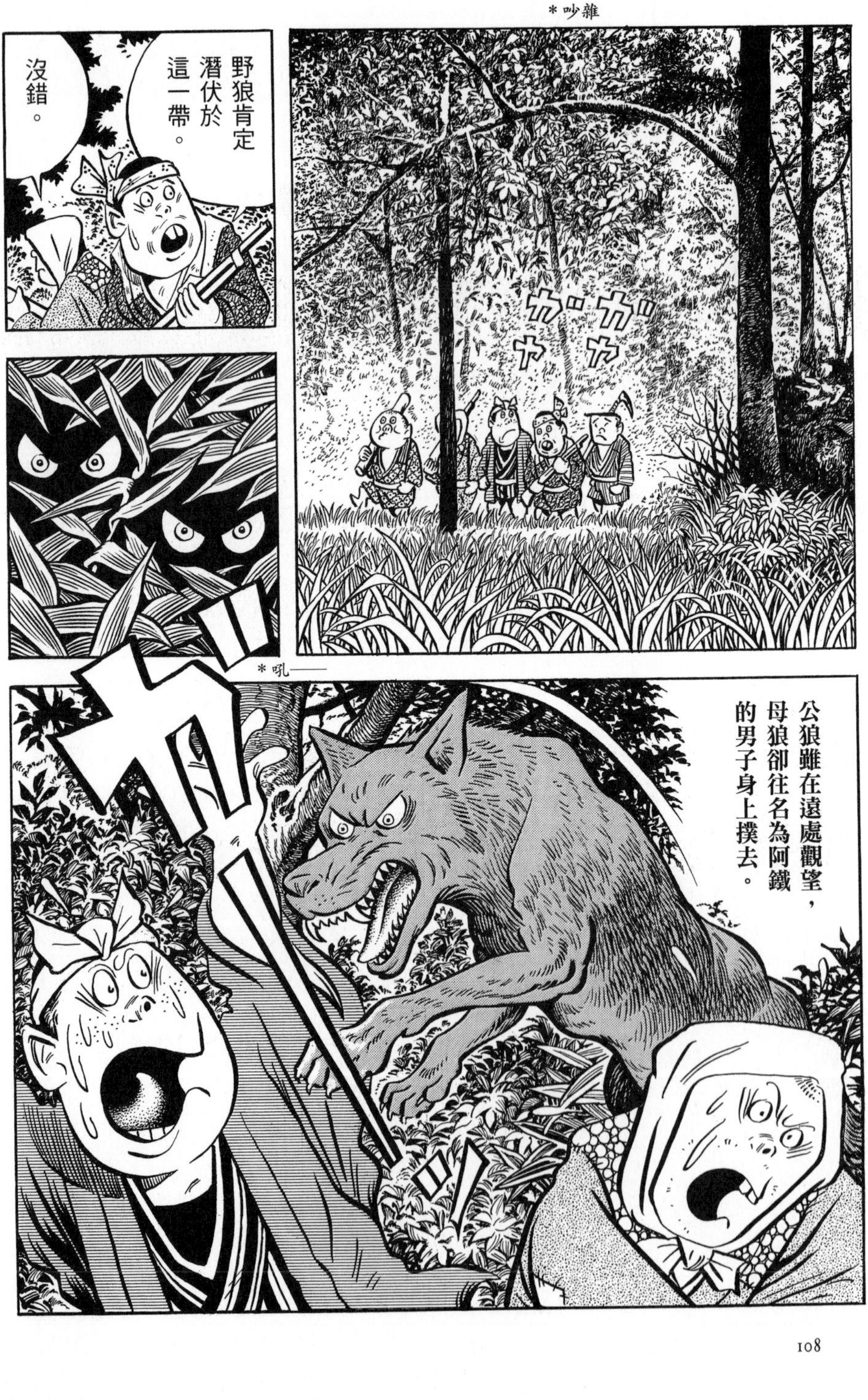
＊吵雜
野狼肯定潛伏於這一帶。
沒錯。
＊吼——
公狼雖在遠處觀望，母狼卻往名為阿鐵的男子身上撲去。

＊嗥——
哇啊啊！
＊吼——
阿鐵立刻脫下上衣、讓衣服纏在手臂上，再將手腕塞進狼口之中。
嘿！
就是現在！誰快來抓住牠！
＊嗷嗚嗚嗚
＊呼——
……
……
快、快點！

*咯吱咯吱
*吼——
手臂一路伸進狼腹，
而在痛苦之下，
母狼猛然咬碎了
他的手臂。
*呼——
快救我！
母狼最後
終於當場
橫死。
眾人雖然把
阿鐵扛了回去，
但沒多久之後，
他就斷氣了。

水木しげるの
遠野物語
第十三回
四十三話
上鄉村的男子阿熊和朋友結伴前往六角牛山打獵，一路直入山谷深處。
ピューー
＊颯——

哦！
有熊的腳印。
我們分頭尋找吧。
我往山峰的方向。
那我就走這邊吧。
ピュ
*颯——
啊，居然近在咫尺！
ギョ
ギョ
*驚嚇
距離太近了，無法開槍……

*吼——
那就這麼辦吧！
男子突然一把抱住了熊。
*跳
*滾滾滾
*砰——隆
啊！你沒事吧？

趁現在！
*砰——
*嗷
*哇啊
我射中了！
*咻咻咻咻
阿熊雖然受了好幾處抓傷，
但無性命之虞。
這個故事好像還登上了遠野的報紙。
真不簡單呢。

四十四話
「橋野村位於六角牛山的峰巒連綿之處，村莊山頭有座金礦。為這座礦山燒炭，並賴以維生的男子，同時是一位吹笛高手……」
ピ
ピ
ピロ
＊嗶嗶嗶——
是誰？
＊驚
＊吱吱吱吱
＊現身

＊吱吱——
猴精出現了！
啊，嚇了我一大跳。
四十五話
猴精似乎和人類十分相像。
甚至好女色，會擅自擄走鎮上的女子。
其毛皮抹有松脂，又撒上砂石，
因此和鎧甲一樣，一般子彈無法輕易貫穿。
真是不簡單呢。
四十六話
有位住在栃內村林崎的男子到六角牛山獵鹿，並吹起了鹿笛。

ピ
＊嗶——
ピ
ピ
＊嗶——
ガ
＊吼——
ガ ッ
哇啊！
ガサ ガサ
＊窸窸窣窣
咦，是鹿嗎？
くるっ
＊轉身
ガチッ
＊瞪

※天狗礫……指的是石頭突然從天而降的現象。
＊呼——
得救了……
牠該不會是把鹿笛錯認為真鹿，才跑出來的吧…
四十七話
這座山裡有很多猴子。
這個地方在嚇唬小孩的時候，
猴精會來找你喔！
似乎常會用上這套說詞。
「若往緒桛瀑布一看，便能在懸崖樹梢上發現大批猴群。猿猴見人，便一邊投擲樹果、一邊逃開。」
這雖然類似於※「天狗礫」，但猴子果然還是對人類抱有戒心呢。

水木しげるの遠野物語
第十四回
五十一話
「山中住有各式鳥禽，其中※夫鳥的叫聲尤為寂寞。多在夏夜啼叫。」
*哈哈哈哈
從前有位富豪之女，和另一位富豪之子感情要好，兩人在山上一起玩耍。

※夫鳥……即紅角鴞，叫聲與日文中的「丈夫」一詞極為相似。

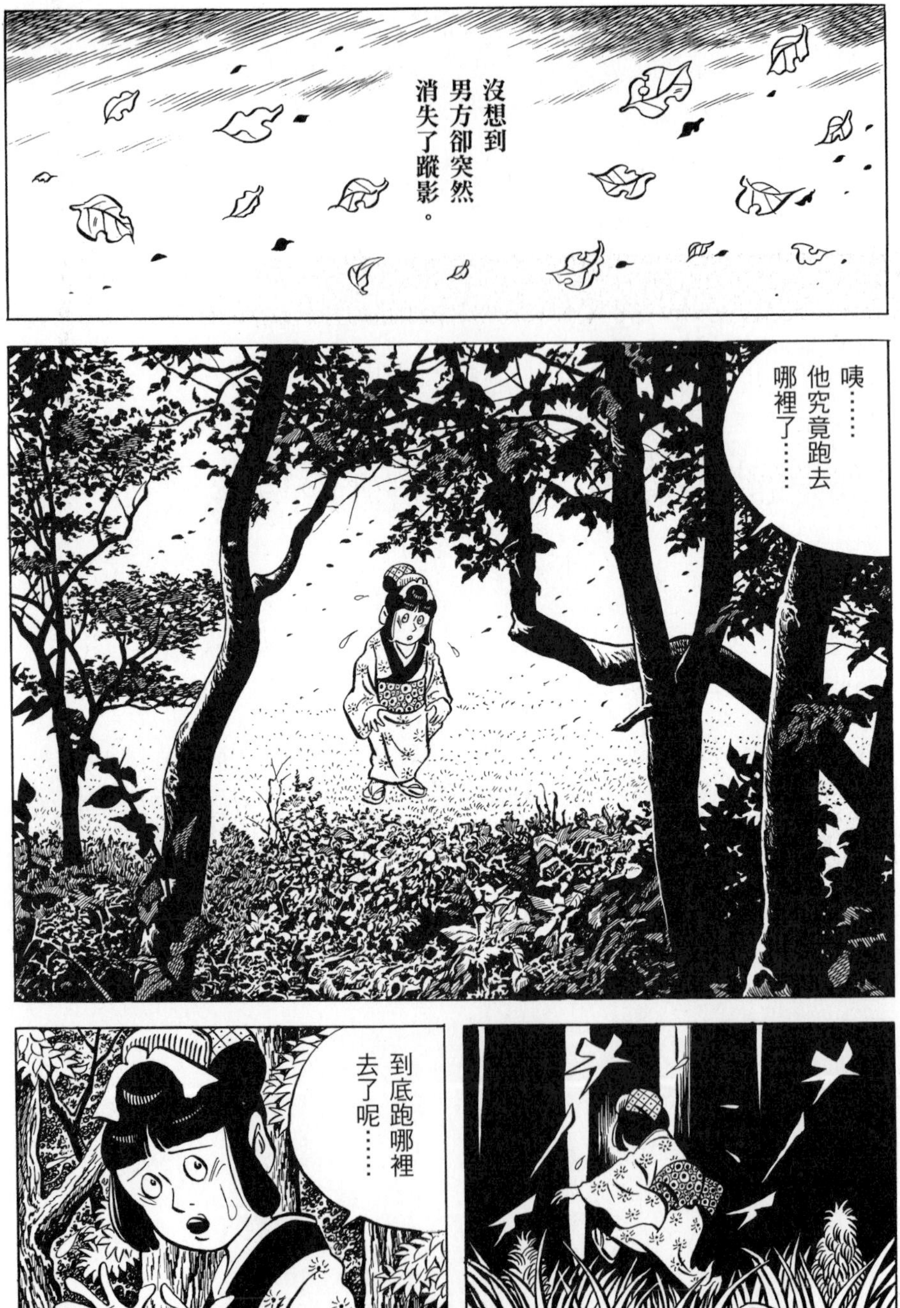
沒想到
男方卻突然
消失了蹤影。
咦……
他究竟跑去
哪裡了……
到底跑哪裡
去了呢……

＊喂——喂——

太陽終於下山，入夜時分。
找不到……到處都找不到……
ザクザクザク
*窸窸窣窣
ばたばたばたばた
*撲刺刺
男方自此之後再也不見蹤影，而女方則化為夫鳥……

＊丈—夫、丈—夫
丈—夫、
丈—夫的叫聲，
就是在喊自己
的丈夫。
最後連嗓子
都嘶啞了，
真是哀傷的
叫聲呢。
五十二話
※馬追鳥長得
很像體型稍大
的杜鵑鳥，
時常阿霍、
阿霍地叫……

※馬追鳥……即綠鳩。相傳其鳴叫聲「阿霍」（aho）與當地人在野地追趕馬群的吆喝相似，故得此俗名。

據傳是富豪家中的僕役在山中牧馬時所幻化而成。
馬追鳥雛棲息深山，但某幾年會飛到鎮上啼叫，傳說是飢荒的前兆。
アーホー
アーホー
＊阿—霍、阿—霍
五十三話
相傳大杜鵑和杜鵑原本是一對姊妹。
某天，姊妹兩人烤著從山中挖來的薯類。

應該差不多快烤好了吧？
裡頭鬆軟的地方給妳吃吧。
硬邦邦的地方就讓我來吃。
……
……
＊嚼嚼
＊嚼嚼
姊姊拿的外頭硬邦邦的地方一定比較好吃……
居然把鬆軟的地方丟給我。
實在很好吃呢。
＊嚼嚼
不可原諒。
姊姊拿的硬邦邦的部分比較好吃吧。
才沒有這回事呢。
?

想也知道是鬆軟的地方比較好吃啊。
不！才不是這樣。
姊姊拿的地方比較好吃。
妳快點把菜刀收起來。
才不，我偏要這麼做！
＊嘿
＊呀啊
在妹妹拿著菜刀威脅下，姊姊頓時化為大杜鵑，振翅高飛而去。
＊哇——
＊撲刺刺

ガンコー
ガンコー
＊好硬——好硬——
啊，她是不是在喊好硬、好硬？
姊姊想必是把好吃的地方讓給了我。
明明如此，我居然……
＊嗚——
悔恨不已的妹妹則化為杜鵑，
ホイチョカケ
ホイチョカケ
遠野地區便以「砍了一刀」稱呼杜鵑鳥。
食物造成的怨恨可是很恐怖的呢。
＊砍了一刀、砍了一刀

水木しげるの
遠野物語
第十五回
五十四話
「閉伊川的流域中有多處深潭，因此流傳著不少駭人的傳說。」
＊鏗鏘
富農家的僕役在深潭的岸邊伐樹時，不慎將斧頭掉落水中。
哎呀，不好了。

*撲通
*嘩啦啦
這是老爺的斧頭，弄丟可就糟了。
究竟掉在哪裡了呢。
*札札
*札札
咦？是什麼聲音……
*札札
僕役循聲而去，在岩石陰影處發現一間小屋。

*札札
パタ
パタ
*札札
パタ
パタ
啊！斧頭居然出現在這種地方。
抱歉……可以將那把斧頭還給我嗎？
パタ
パタ
*札札

くるっ
啊！妳該不會是幾年前去世的大小姐吧!?
斧頭可以還你，但我待在這裡的事，千萬別和任何人提起。
是……
相對的，我也必當好好酬謝你一番，
讓你再也不用當僕役了。
在此之後……一如大小姐所言，男子不可思議地連賭連勝，存下了一大筆錢，不久後便辭去工作，當起普通的農民。
はははは
某天……
這麼說來……我以前曾在這附近遭遇此事呢。
＊回頭

＊哈哈哈哈

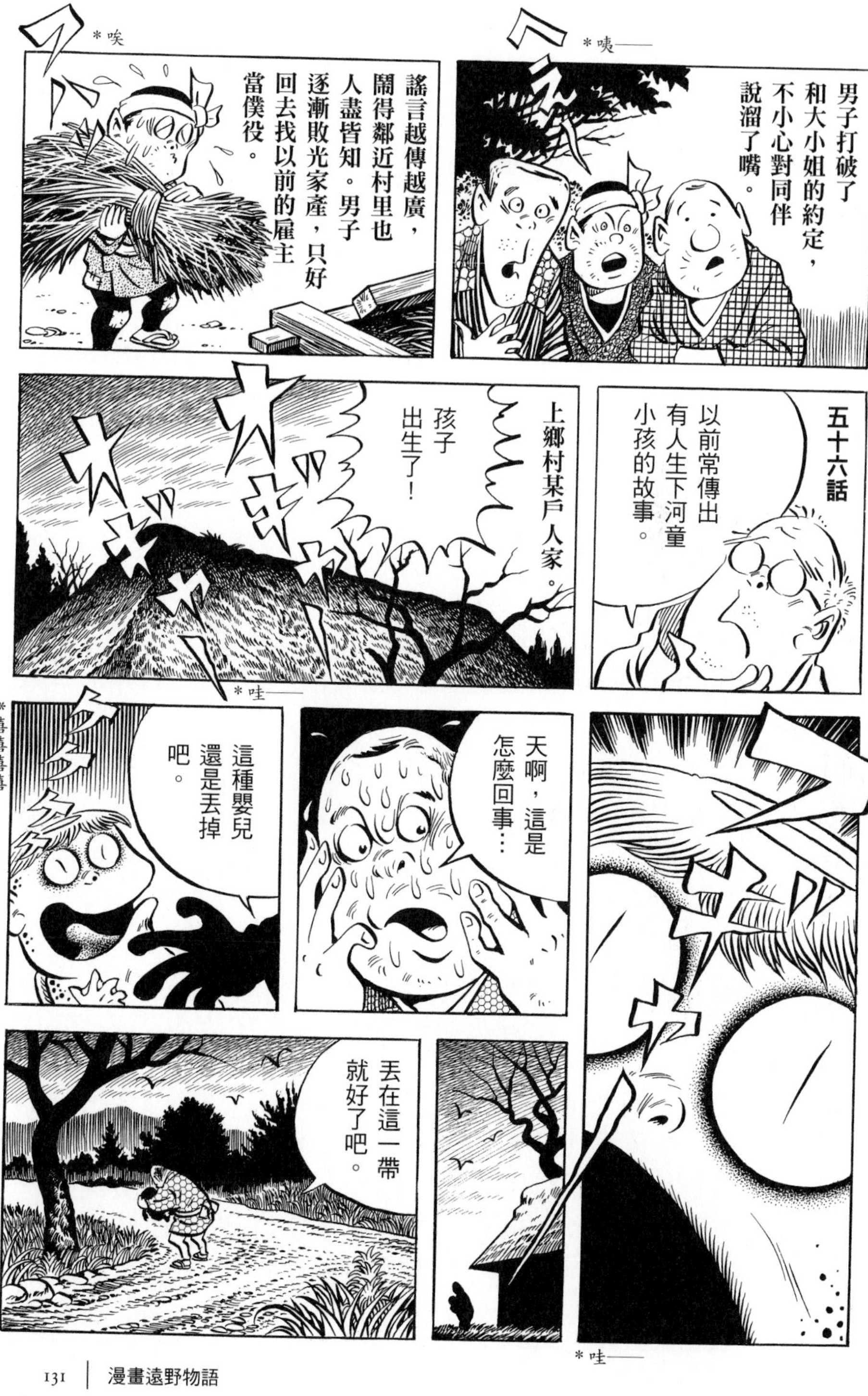

*咦——
男子打破了和大小姐的約定，不小心對同伴說溜了嘴。
*唉
謠言越傳越廣，鬧得鄰近村里也人盡皆知。男子逐漸敗光家產，只好回去找以前的雇主當僕役。
五十六話
以前常傳出有人生下河童小孩的故事。
上鄉村某戶人家。
孩子出生了！
*哇——
天啊，這是怎麼回事…
這種嬰兒還是丟掉吧。
*嘻嘻嘻嘻
*哇——
丟在這一帶就好了吧。

男子本來打算轉身離去，卻不禁心念一動……
把他賣給畸形秀，這麼做才比較划算吧。
但等他回去一看，嬰兒已經不見蹤影。
カァ カァ
*嘎——嘎——
五十七話
河岸泥沙上的這道腳印，該不會是河童的吧？
「如猿猴一般，姆指與其他四指分離，和人類手掌極為相似，長不足三寸。」
五十八話
馬童為了讓馬匹消暑，因此牽馬來到小烏瀨川的姥子淵。

來吧，你就在這裡好好降溫一下。
我肚子不太舒服，你在這裡乖乖等我。
*嘶嘶——
結果河童竟突然現身，想把馬匹拖進水中。
嘿！
*嘩啦嘩啦
豈料馬匹實在太強壯，河童反倒被馬匹一路拖回了馬廄。
*拖行
馬廄裡是不是有什麼聲音？

等主人前往一看，馬槽竟翻倒在地。
真奇怪呢……
啊！
＊啪
是河童！
想必是對我們家的馬兒使壞了吧！
絕不輕饒
他將全村召集起來，共同商量該如何處理。
＊議論紛紛
如果你答應今後再也不對村中的馬匹下手，我們就放你一馬。
好、好的。
這隻河童在離開村子之後，搬到了相澤瀑布的水潭去住。
＊淙淙

水木しげるの遠野物語
第十六回
雖然河童通常都是一張青臉，但據說遠野的河童則是長著一張紅臉。
五十九話
佐佐木喜善的曾祖母，幼時和朋友在庭院裡一起玩耍……
キャ
キャ

＊嘻嘻哈哈

ガサ
ガサ
＊窸窸窣窣
啊，那邊的胡桃樹裡好像有什麼。
＊跳出
ぎょ
ぎょ
＊驚嚇
是有張紅臉的河童！
＊哇——
六十話
和野村的嘉兵衛爺爺在雉雞小屋裡等待雉雞出現。

狐狸也真是讓人傷透了腦筋呢。
抓雉雞應該是我的工作才對吧。
*嗷嗷嗷
狐狸正在小屋外追著雉雞到處跑。
*唰
混帳東西，乾脆把牠們射死算了。
*鏗鏘
真奇怪呢，火居然會點不著……
*哈哈哈哈
難道故障了？
啊!?
他仔細檢查了獵槍後，這才發現槍管裡面竟塞滿了泥土。

＊咚
被狐狸擺了一道！
＊嗷——
六十一話
嘉兵衛爺爺在六角牛山見到了白鹿。
相傳白鹿是神明的化身，千萬不可輕殺。
因為祂可能會作祟呢……
但我可是被封為名譽獵人的嘉兵衛大爺……
＊砰——
嘿！

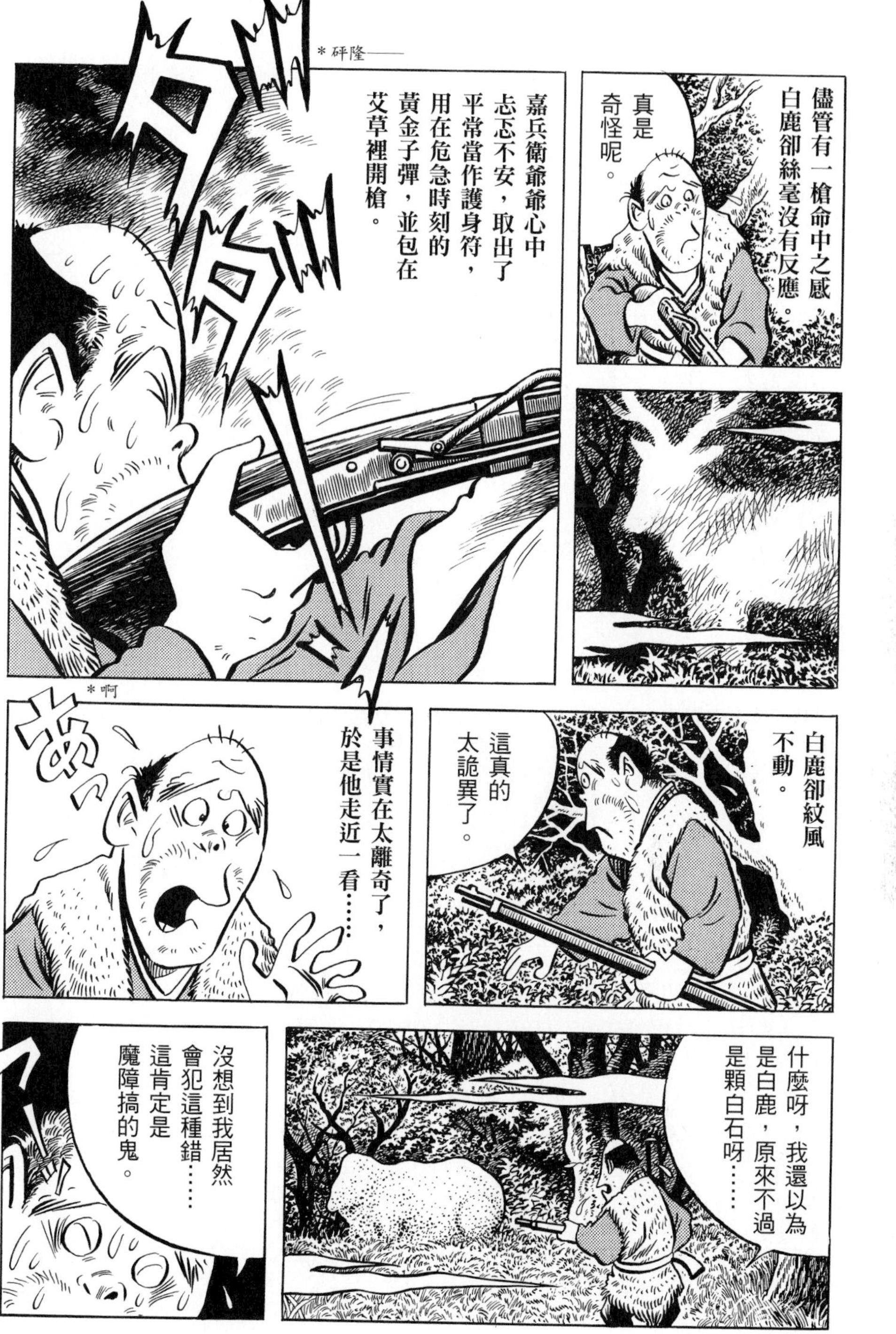
儘管有一槍命中之感，白鹿卻絲毫沒有反應。
真是奇怪呢。
＊砰隆——
嘉兵衛爺爺心中忐忑不安，取出了平常當作護身符，用在危急時刻的黃金子彈，並包在艾草裡開槍。
白鹿卻紋風不動。
這真的太詭異了。
事情實在太離奇了，於是他走近一看……
＊啊
什麼呀，我還以為是白鹿，原來不過是顆白石呀……
沒想到我居然會犯這種錯……這肯定是魔障搞的鬼。
＊呼——

我也終於到了這個年紀嗎……
*哼
我再也不打獵了！
六十二話即便曾誓言從此不再打獵，嘉兵衛爺爺最終還是忍不住跑上山了。
今晚實在找不到地方搭建小屋呢。
嘉兵衛爺爺靠在大樹下，將辟邪的※三途繩整整纏繞了三圈，就這麼直直地抱著獵槍入睡。

※三途繩……獵人入山時攜帶的繩子，具驅魔功效。據說來自用以綁棺桶的繩子。

*鼾——鼾——
ウゥゥロ
*寂然
*窸窸窣窣
*咦

*颯——
啊!?
*砰——
妖怪！
*撲刺刺
……說到我當時恐懼的程度，簡直非比尋常。
應該是天狗吧。
*嗯——
於是我再度決定這輩子再也不打獵了……
結果還是沒成功吧？

水木しげるの
遠野物語
第十七回
六十三話
「小國有位名叫三浦某某之人，是村中最有錢的富豪。」

但在兩、三代之前，他們家還一貧如洗。

某天，這個家的女主人為了採摘蜂斗菜，而跑到附近小溪旁。
這位太太不算機敏之人。
都採不到好的蜂斗菜呢。
往更深點的地方走吧。
說完，太太便踏入深谷之處。
＊嘰嘰喳喳
哎呀。

這裡居然蓋了這麼雄偉的房子。
走進門一看，庭院開滿了紅白花卉。
*咕咕咕
屋子後方居然還有牛棚和馬廄。
*哞——

可是裡面竟沒有半個人。
這裡還擺滿了精巧的茶碗。
她再往內廳一看，
鐵壺正在火缽上燒得滾燙。
……
不過，這家的人究竟都跑到哪裡去了？
這裡該不會……是山男的家吧？

＊咻～咻～

＊顫顫巍巍　＊悚然

太太突然怕了起來，慌張地衝了回家。
*哇——
回家後，就算她和別人談及此事，也沒人肯相信她說的話。
某日，當太太在洗衣服的時候，從上游漂來了一只紅碗。
哎呀，這碗還真漂亮。
如果拿來當餐具使用，說不定會被嫌髒。
*唰啦唰啦

還是用來盛穀米吧。
於是在開始用此碗計量後，不管再怎麼裝，穀米始終取之不竭。
自此之後，這戶人家便好運不絕，最後成為今日大富大貴的三浦家。
這種位處山中的奇異房子，在遠野被稱為「迷家」。
相傳造訪迷家時，一定要帶走家中的某樣日常用品或家畜，不管是什麼都好。

迷家就是為了把東西送給對方，才出現在人們的面前。
但因為女子無欲無求，最後什麼東西都沒偷走，碗才會自動送上門來。
真是令人羨慕啊。
六十四話
「金澤村座落在白望山山麓，屬上閉伊郡內特別靠深山的地區，始終人煙稀少。」
栃內村的山崎家在為女兒招贅時，其女婿正出身該村。
某日，女婿要回老家之時在山中迷路，意外闖入迷家。
一切都和三浦家的太太說得一模一樣。

但他被嚇得忍不住掉頭就跑。
他好不容易抵達小國村，將所見所聞全告訴村民……
這在山崎當地被稱為「迷家」。
只要帶走碗盤之類的餐具，就能當上大富豪。
那就大夥兒一起去吧。
於是，在女婿帶頭之下，眾人一道上山，卻找不著迷家。
搞什麼，根本沒有嘛。
真奇怪。
「而後也未傳出該名女婿致富的消息。」

水木しげるの遠野物語
第十八回
這一帶是安倍貞任一族宅邸的遺跡。
一來到遠野，就會接觸到不少安倍貞任的相關傳說或因緣之地。
安倍貞任是……

＊轟轟轟轟
奧六郡※俘囚長
安倍賴時之子，
他和父親、弟弟
聯手發動了
前九年之役。
父親死後，他親自
率領族人和官軍大戰，
卻在廚川柵之戰中
敗北，遭俘之後不久
便被處刑。

※俘囚……日本七至九世紀左右，不服從律令國家中央政府者，被稱為蝦夷，主要居住於東北、北海道地區。而其中選擇歸順於中央政府者，則被稱為俘囚。

他生於一〇二九年，身高一丈六尺餘、腰圍七尺四寸，是一名彪形大漢。
儘管過去是朝廷之敵，如今則被封為東北的英雄。

六十五話
在早池峰面朝小國村的這側，有個名為「安倍城」的岩屋。

它地處陡山峭壁之中，絕非常人所能輕易造訪。
據傳安倍貞任的母親至今仍居於此地。

* 淅瀝淅瀝
* 鏗鏗鏗鏗
那是什麼聲音？
是貞任之母為岩屋大門上鎖的聲音。
像今天這樣下起小雨的時候……

小國村、附馬牛村的人們就會說：「一旦聽到安倍城上鎖的聲音，明天就應該會下雨。」
喔？真有趣呢。
即便是如此的傍晚時分，依然聽得很清楚呢。
這個早池峰，實在是和安倍貞任淵源不淺呢。
＊鏗鏗鏗鏗
＊鏗鏗鏗鏗
＊淅瀝

どどどど

*轟轟轟轟

六十八話
在土淵村附近的源義家陣屋遺跡，與八幡山山峰上的貞任陣屋遺跡之間，有個名為似田貝的村子。

這個村子曾為弓箭交戰之地，當時這一帶長滿了蘆葦、土質鬆軟，走起來相當不穩固。

※在日文中「煮好的粥」（nitakayu）音近「似田貝」（nitakai）。

某日，義家在行經此地時看到了大量米粥，但不知究竟是敵我兩軍哪方的兵糧。
這是「煮好的粥」嗎？
是。
……取其諧音，後成為本村的村名※。
在似田貝村外流著一條小河，名為鳴川。
鳴川的對岸則是足洗川村。
義家曾在鳴川裡洗過腳，遂成了村名的由來。

＊唰啦

水木しげるの遠野物語
第十九回
六十九話
這是佐佐木
喜善的姨婆
和他說的故事。

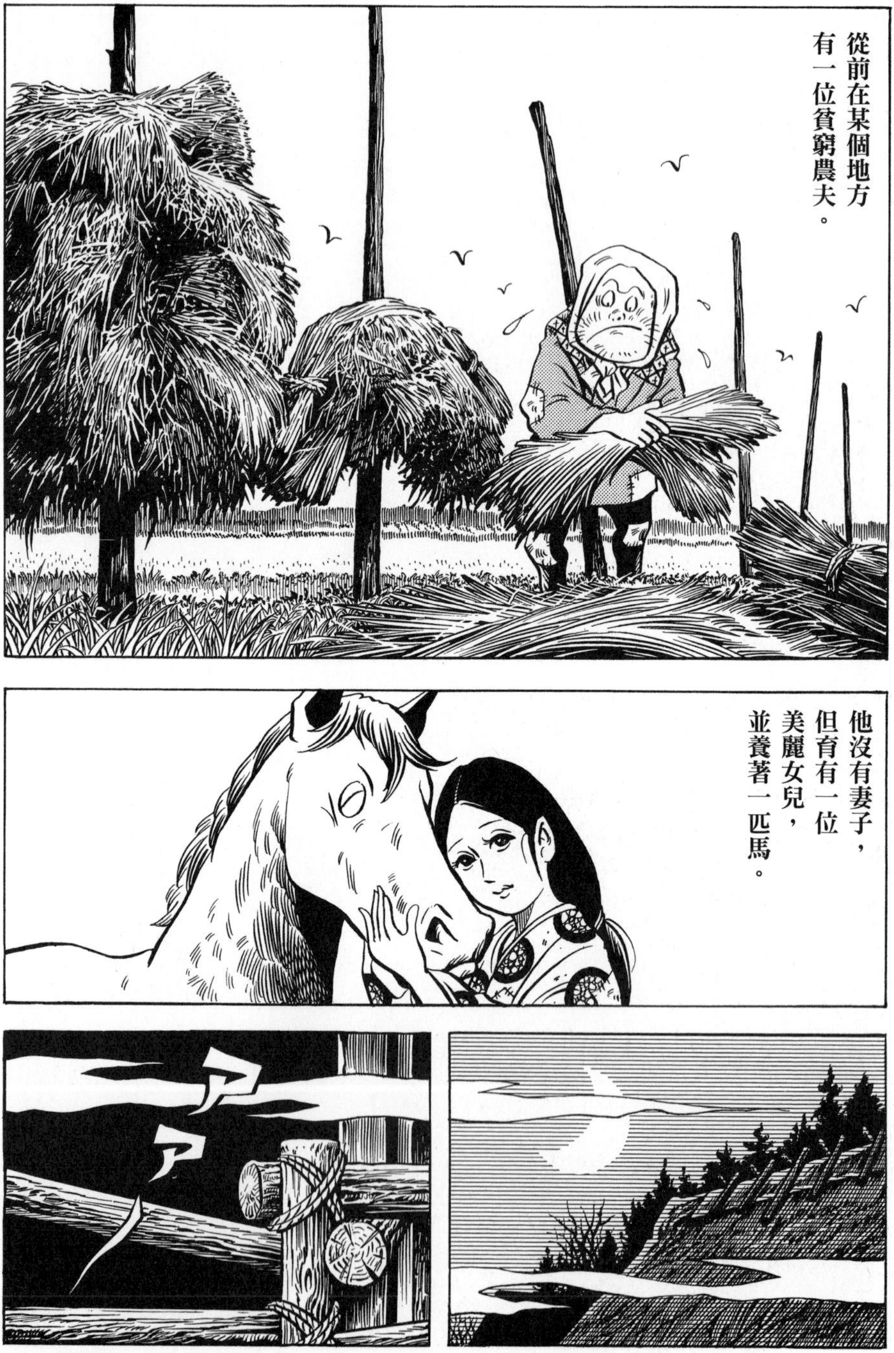
從前在某個地方
有一位貧窮農夫。
他沒有妻子，
但育有一位
美麗女兒，
並養著一匹馬。
アア—

＊啊啊——

啊……
啊，我深愛的丈夫呀……
＊嘶嘶——
「女兒深愛著這匹馬，每晚前往馬廄夜宿，終與馬結為眷屬。」
某一晚。
＊腳步聲
？

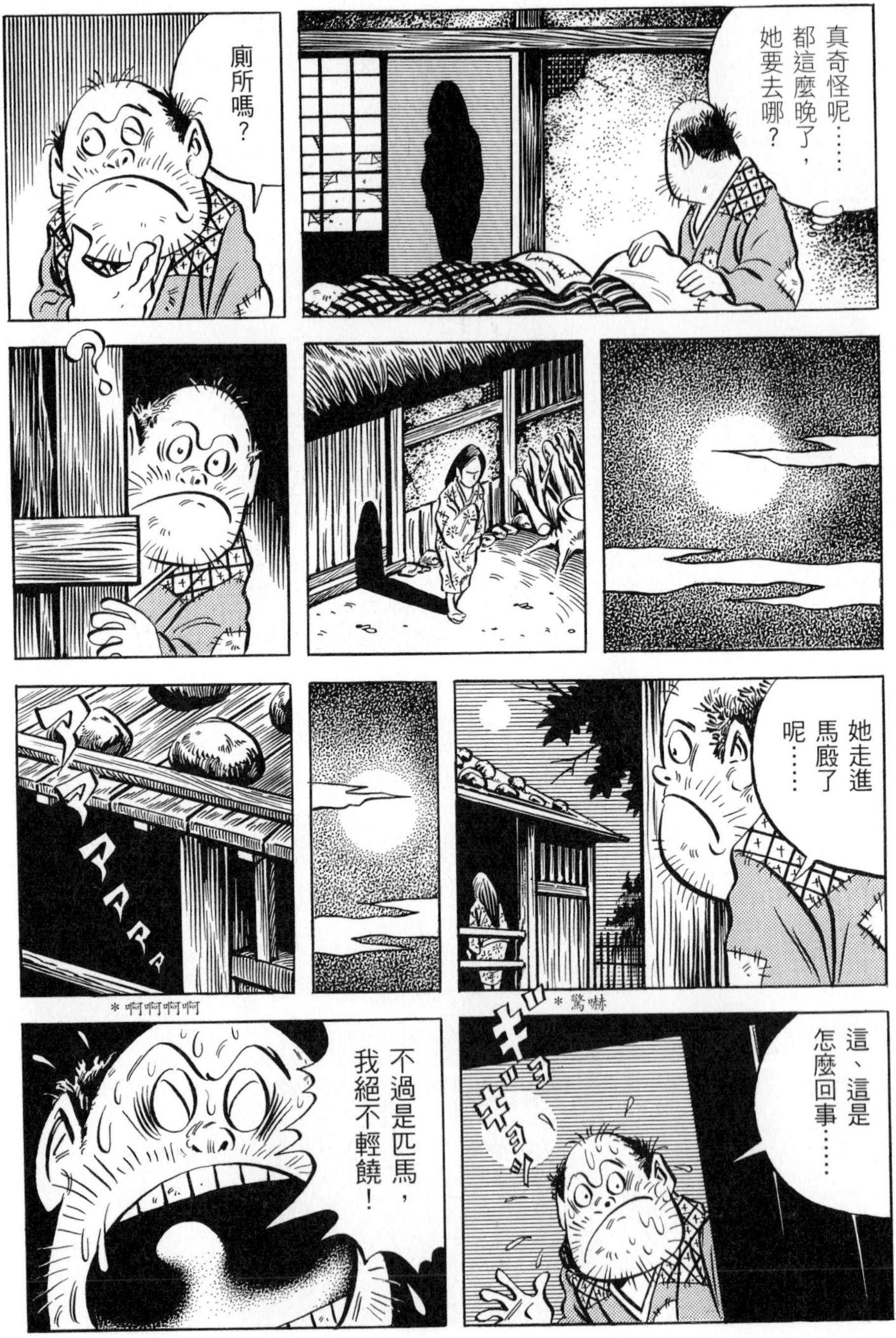
真奇怪呢……都這麼晚了，她要去哪？
廁所嗎？
她走進馬廄了呢……
＊驚嚇
＊啊啊啊啊
這、這是怎麼回事……
不過是匹馬，我絕不輕饒！

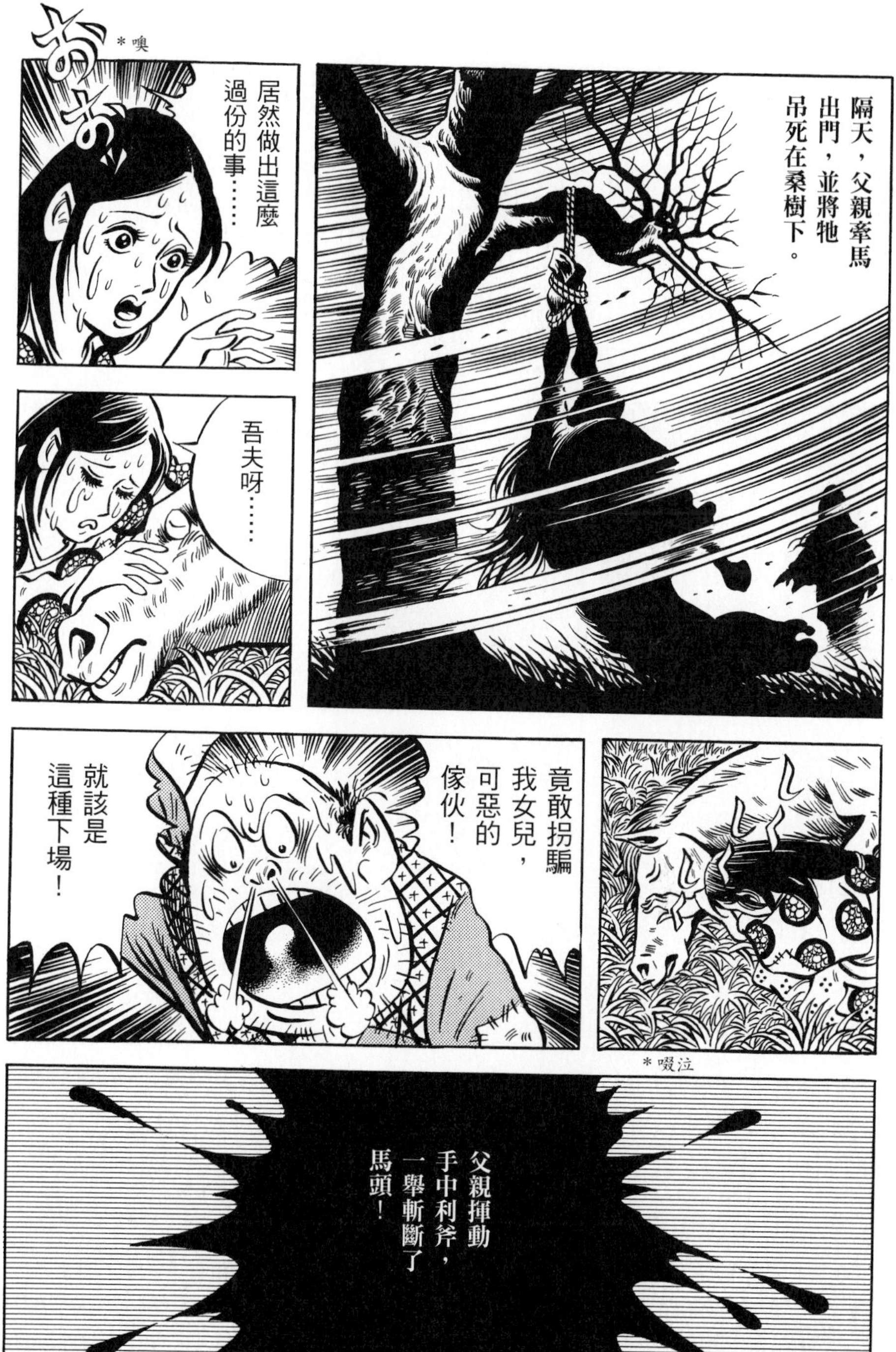
隔天，父親牽馬出門，並將牠吊死在桑樹下。
おお
*噢
居然做出這麼過份的事……
吾夫呀……
しくしく
*啜泣
竟敢拐騙我女兒，可惡的傢伙！
就該是這種下場！
父親揮動手中利斧，一舉斬斷了馬頭！

沒想到女兒立刻坐上馬頭，一路升天而去。
相傳御白神便是在此時化為神明的。
據說吊死那匹馬的桑樹，其樹枝總共製成了三尊神像。
訴說這故事的喜善姨婆似乎很擅長魔法。
喜善常看到她用咒術殺死蛇，或是擊落停在
樹上的小鳥。

所以這是由一名不可思議的老太太
所說出的不可思議的故事。
七十一話
此外，這位老太太聽說也很熱衷於唸佛一道。
直接來問問喜善本人吧。
她好像不是一般的唸佛者吧？
沒錯，那算是某種邪教。
他們雖然也會向信徒傳教，
但彼此都嚴格保守秘密。
哪怕是親生的父母或子女，也絕不輕易外洩消息。
所以與寺廟或和尚也都毫無關係囉？
沒錯，他們全是在家居士。
人數也說不上多。
*嗯——
每逢阿彌陀佛的齋日，他們便會等到夜深人靜時齊聚一堂，
一起在秘密的房間裡靜靜地祈禱。

＊喃喃吶吶

※儂儂婆……為水木茂認識妖怪的啟蒙人物，本名景山房。此稱呼來自鳥取縣境港一帶的方言，當地人會稱侍奉神佛者為「儂儂」（のんのんさん）。亦譯為「鬼婆婆」。

水木しげるの
遠野物語
第二十回
七十五話
「離森的富豪宅第在數年之前，猶為一間製造火柴棒的工廠。」
某夜…

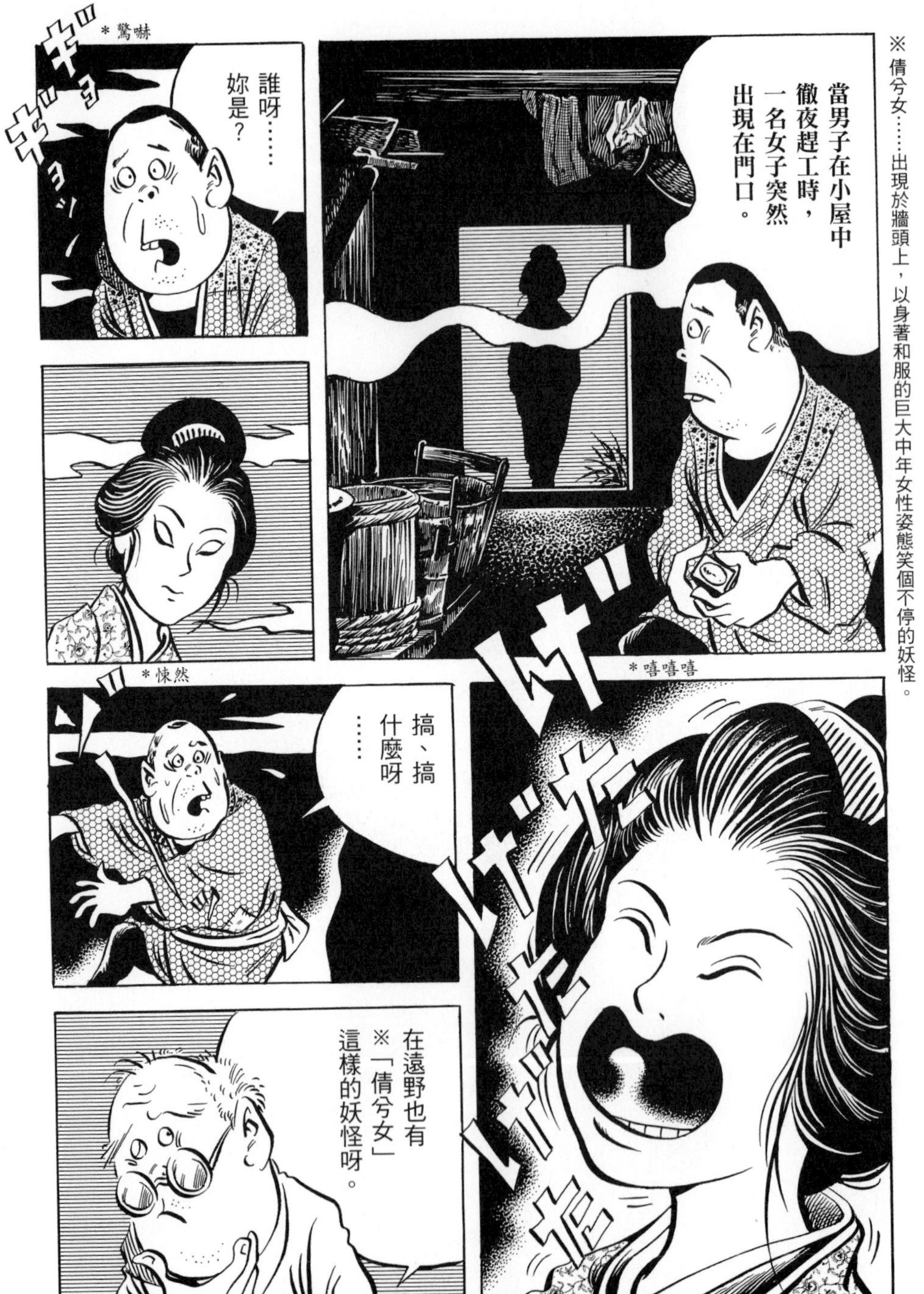
※倩兮女……出現於牆頭上，以身著和服的巨大中年女性姿態笑個不停的妖怪。
當男子在小屋中
徹夜趕工時，
一名女子突然
出現在門口。
ギョギョッ
＊驚嚇
誰呀……
妳是？
ケゲゲゲゲ
＊嘻嘻嘻
ゾッ
＊悚然
搞、搞
什麼呀
……
在遠野也有
※「倩兮女」
這樣的妖怪呀。

此後工廠便搬到大字山口……而有人為了砍伐鐵路的枕木，也在同一座山裡搭建小屋。
ポヘー
＊恍惚
一到傍晚，工人就常會迷路。好不容易回來後，他們卻又顯得一臉茫然。
這還真奇怪……
某天傍晚，男子朝小屋偷偷一瞧……
ス
啊!?
＊飄過──

居然走進
小屋裡。
她究竟
想幹麼……
接著，女子帶領
一票工人出來。
簡直和夢遊症
患者一樣。
即便在工人回來，
他們也失去了
兩、三天期間
的記憶。
カァ
カァ

*嘎——嘎——

七十六話
在富豪宅第附近的糠森山中，一名男子在樹下拚命挖掘。
你在做什麼？
我聽說此處埋有大量黃金。
喂，你可別想跟我搶喔。
*哼
我水木老師才不需如此。
因為鬼太郎會幫我發大財呀。
*呵呵呵
八十二話
在田尻丸吉還小的時候。

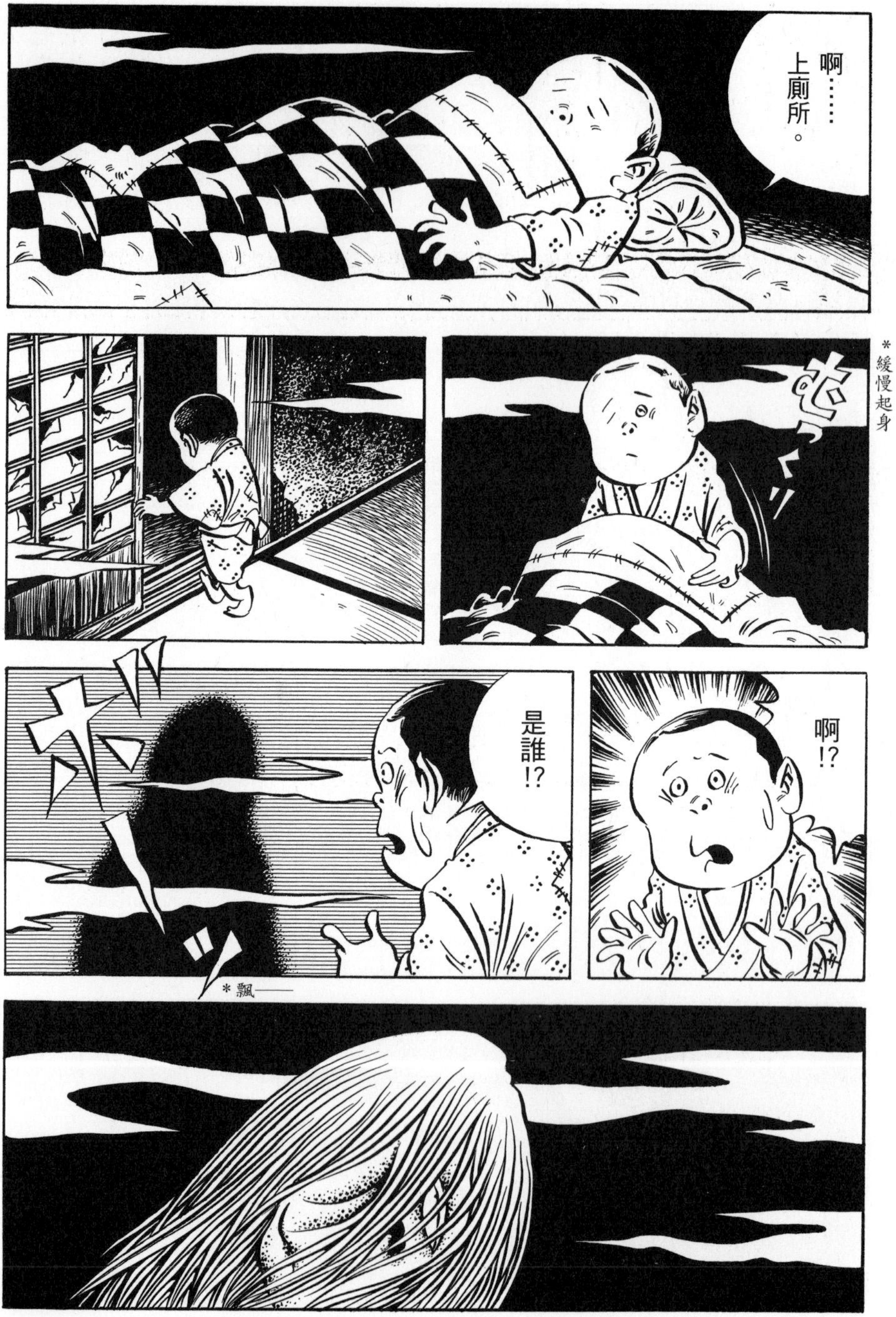
啊……上廁所。
*緩慢起身
啊!?
是誰!?
*飄——

是、是幽靈嗎……
丸吉膽顫心驚地伸手一摸……
*咻——
咦？
手直接穿透過去，碰到了木板門。

＊哇——
哇啊！
快來人呀！
爸，幽靈出現了！
幽靈？你應該是眼花了吧。
提著燈過去一看，那裡什麼都沒有。
真奇怪呢。
不……一點都不奇怪。
幽靈本來就神出鬼沒的。

水木しげるの
遠野物語
第二十一回
八十九話
「愛宕山山頂有一座小祠堂，參拜之路設於林間。
在登山口有座鳥居，周圍有二、三十棵老杉樹。」

＊呼
對將近九十歲的老人家來說，這山坡實在太吃力了。
＊啁啾
ピョ
ピョ
原來如此……這就是位於山頂的山神石塔呀……
應該是曾有山神作祟，為了安撫山神而蓋的吧。

*回頭
くるッ
啊，有人來了。
對方也太高大了吧。
*驚嚇
ギョッギョッ
*啊
這、這是……
對方滿臉通紅、雙目生輝，神情驚異。
是山神！
啊，嚇了我一大跳。
原來山神真的存在呢。

九十話
松崎村有座天狗森山。
山麓的桑田裡有位揮汗工作的青年。
＊呵——
啊，沒來由地有股睏意。
正當青年坐在田埂上打瞌睡時……
＊現身
＊驚

你從哪冒出來的!?
……
……
＊哇啊——
幹什麼？
うわーッ
真不爽快，看我把你轟走！
青年平常便對相撲很有自信。
＊咚
＊喝——
下個瞬間，青年反而被彈飛了出去，就此失去意識。
＊碰咚
＊哇——

*嘎——嘎——
カァーカァー
直到傍晚時分，
他才恢復意識，
但巨漢已不見蹤影。
真奇怪，
我該不會是
在作夢吧……
カァーカァー
*嘎——嘎——
到了該年
秋天。
金毘羅大權現

他和村民一起去早池峰山腰收割胡枝子。
＊沙沙
就在這一帶採一採吧。
ガサ
ガサ
差不多該回去了吧。
就是呀。
咦？
＊哈哈哈
はははは
那傢伙呢，怎麼不見人影？
就是呀。
該不會是躲在這附近拉屎吧？

*喂——
不得了了！
怎麼了？
那傢伙橫死谷底了！
什麼!?
而且他的四肢全被扯斷了…
怎麼會！
這是天狗幹的好事吧。
因為他找了天狗的麻煩，才惹得對方生氣。
「天狗森中多天狗，自古以來人盡皆知。」

水木しげるの
遠野物語
第二十一回

九十一話
人稱※鳥御前的老爺爺曾在南部男爵家當過養鷹人，對遠野群山十分熟悉。
某日，他和友人來到綾織村奇岩「續石」再上去一點的山裡採集蕈菇。
我要再往上面走一點。
那我朝這個方向去囉。
我們待會再碰頭。

※鳥御前……「御前」為對神佛或貴人的尊稱。鳥御前即是被人尊稱為「鳥大人」的意思。

＊嘎——嘎——
カァ
カァ！
今天採到了不少呢。
咦？
仔細一瞧，有一對紅臉男女正躲在岩石陰影處，唧唧咕咕地說著話。
那是誰呀？好像沒見過呢。
兩人張手一擋，彷彿是在制止鳥御前繼續走上前來，但他仍毫不在意地靠近對方……
喂。

ダッ
＊衝——
鳥御前認為對方不是人類，生性戲謔的他胡鬧地從腰間拔出短刀，作勢撲上。
ドン
＊咚
啊！
鳥御前就此失去了意識。
之後，朋友赫然發現他倒在谷底，一路攙扶他回家。
究竟發生了什麼事？
事情是如此如此、這般這般，千萬別告訴其他人。
鳥御前臥床三日後，嚥下了最後一口氣。

家人對他的死百思不得其解。
這究竟是怎麼一回事？
這個嘛。
他打擾山神玩樂，因此得到了報應吧。
九十四話
和野村民菊池菊藏前往位於柏崎的姊姊家辦事。
在回程途中……
他懷中揣著姊姊送的麻糬。
趕快回家吃麻糬吧。
哎呀……迎面而來的不正是藤七嗎？

藤七是他嗜酒如命的好友。
藤七。
喔，菊藏。
*眉開眼笑
你來得正好，我們去旁邊比相撲吧。
*眉開眼笑
相撲……？要比也是可以啦。
*喝
*一口氣
藤七看來就很弱，果然被接連摔了三次。
今天實在贏不了你……就先這樣吧。
說完後，兩人就此別過。

藤七今天怪怪的呢。
啊!?
麻糬不見了!?
該不會是掉在剛才比相撲的地方吧？
於是他回頭尋找，卻一無所獲。
混帳東西！原來那是狐狸精嗎！
他深怕此事傳出去，因此沒有向任何人提起。
數日之後，菊藏和藤七又碰了面。
那天比相撲時你還真弱呢。
相撲？

＊驚嚇
誰和你比過相撲了？
你一點都不記得嗎。
我才沒比過什麼相撲呢！
我那天跑去海邊了，肯定沒錯。
這麼說，我果然是和狐狸精比了相撲呢。
儘管菊藏一直絕口不提此事，但在某次過年，正當大夥兒酒酣耳熱之際……
聽說近來常有狐狸精化為人形作怪呢。
……
應該只有腦袋不太靈光的人，才會上狐狸精的當吧。
……這個嘛，其實我也……
在他不打自招之下，被狠狠取笑了一番。
＊哈哈哈哈

水木しげるの遠野物語
第二十三回
九十五話
松崎的菊池某人是一位知名的造園師。

他不僅會將山中的花草移植到自家的庭園裡，一旦發現外觀奇特的岩石，就算再重也會努力扛回家。
就在某一天⋯⋯
今天總覺得有些鬱悶⋯⋯
還是去山裡走走吧。

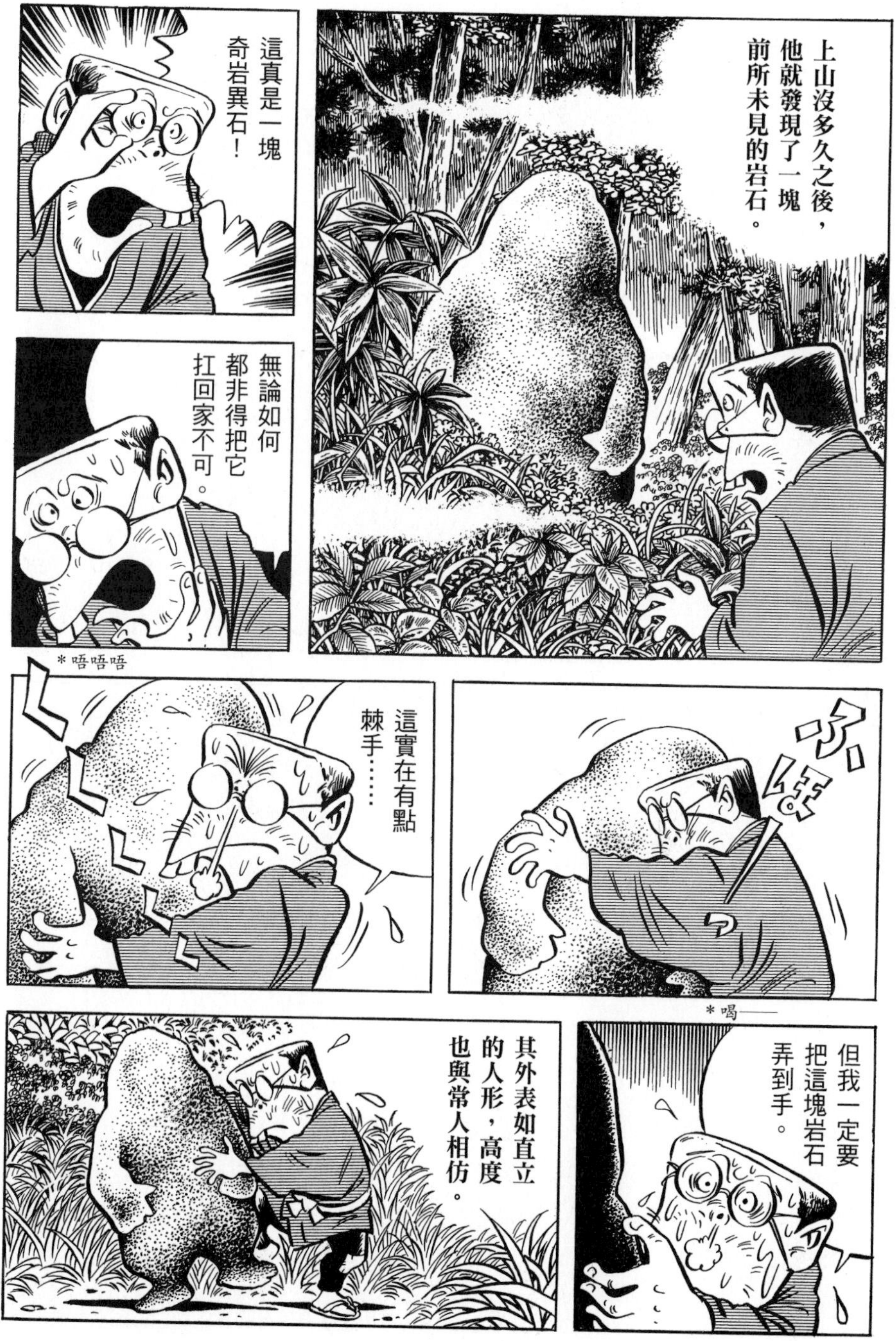
上山沒多久之後，
他就發現了一塊
前所未見的岩石。
這真是一塊
奇岩異石！
無論如何
都非得把它
扛回家不可。
*唔唔唔
這實在有點
棘手……
*喝——
但我一定要
把這塊岩石
弄到手。
其外表如直立
的人形，高度
也與常人相仿。

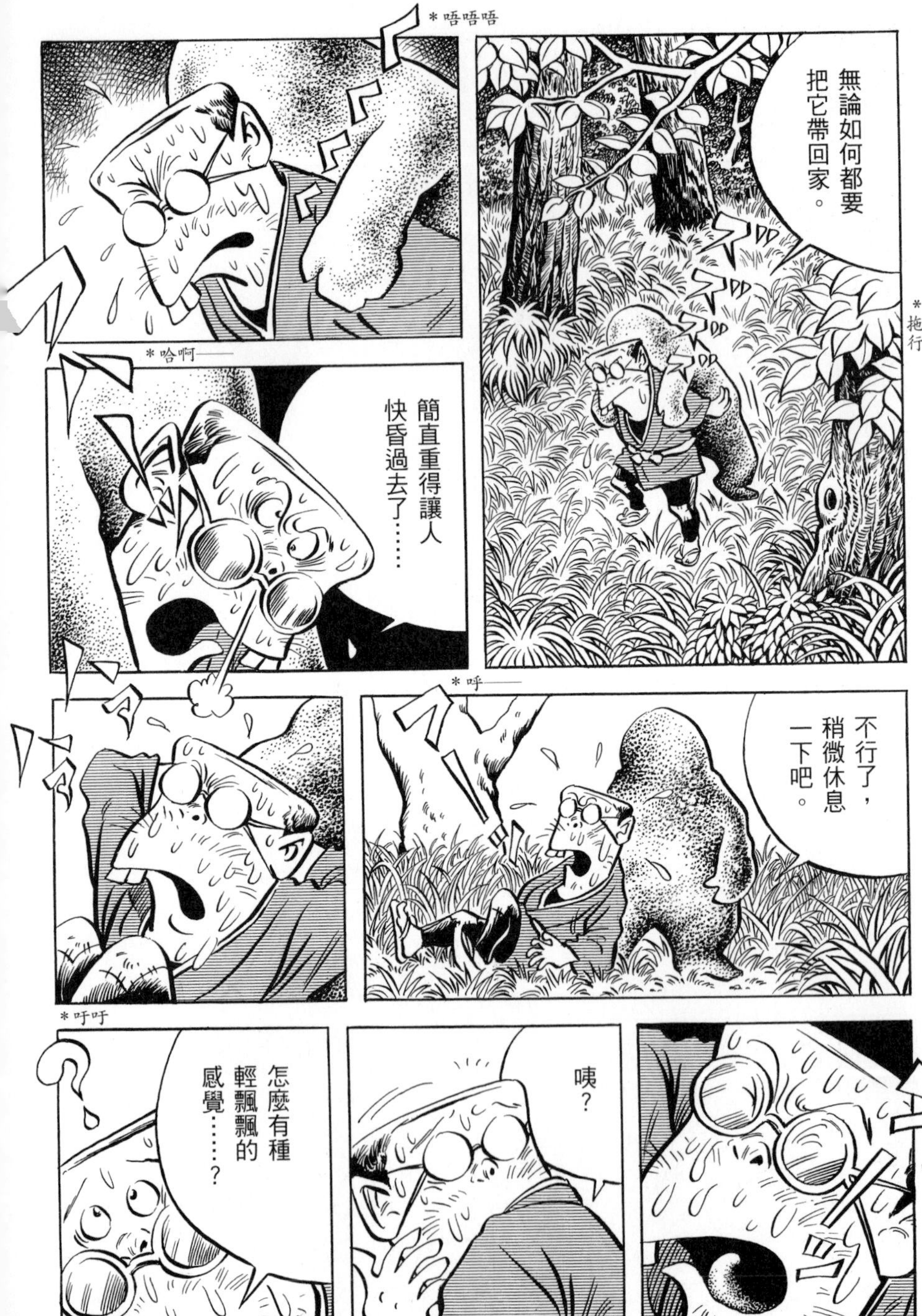
無論如何都要把它帶回家。
＊拖行
＊唔唔唔
簡直重得讓人快昏過去了……
＊哈啊——
不行了，稍微休息一下吧。
＊呼——
＊呼——
咦？
怎麼有種輕飄飄的感覺……？
＊吁吁

*輕飄飄——
ふわふわふわー
?
*哇——
うわーっ
該不會已經飄到雲端上了吧？
啊，這感覺真的好舒服……
ふわふわ
*輕飄飄
該不會還要繼續往上飄吧……
腦子已經搞不清楚了……
啊

*呼

※菩提寺……供奉歷代祖先墳墓或牌位的寺廟。

*吁吁
我得盡快趕到喜清院……
咦?我怎麼飄在半空中。
*飄
*飄浮
簡直身輕如燕啊。
來一場空中漫步吧。
這感覺實在太舒服了。
當他來到寺門前,現場已人山人海。
*飄浮
咦?那不是早就過世的老爸嗎?
喔,你也來啦。
對呀。
他繼續往前走,竟然看到了已去世的兒子。
爸,你也來到這裡了嗎。

原來你在這裡呀……
你現在還不能過來！
是誰!?
真是吵死人了。
我好不容易覺得通體舒暢呢……
在逼不得已之下，他只好就這麼原地折返……
＊啊
終於醒過來啦!?
啊，真是太好了。
這裡是……啊，我家嗎……
這應該是靈魂出竅了吧。繼續走下去的話，就直通陰曹地府了……
幸好被叫了回來，才能留在人世呢，可喜可賀、可喜可賀。
＊嗯——

*轟轟轟轟

九十九話
土淵村副村長
北川清的弟弟福二
入贅到臨海的田之濱，
卻不幸遇上了大海嘯
因而痛失妻兒。
水木しげるの
遠野物語
第二十四回
唉，
全部都沒了
……
從今以後，
就我們三個
相依為命了。
他和倖存的
兩個兒子
在老家原址
重建小屋，
在此住了
一年……

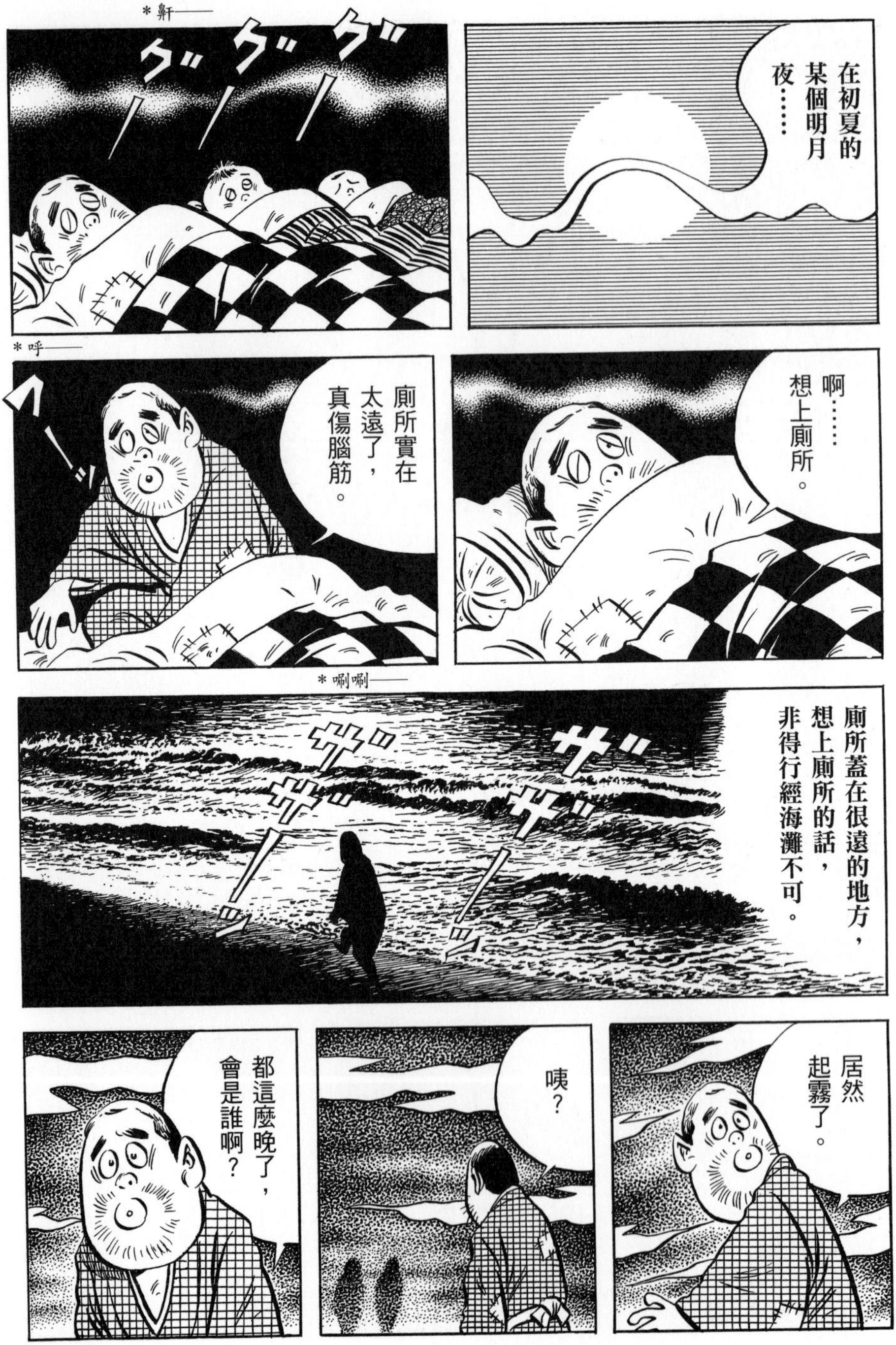
在初夏的某個明月夜……
＊鼾——
啊……想上廁所。
廁所實在太遠了，真傷腦筋。
＊呼——
廁所蓋在很遠的地方，想上廁所的話，非得行經海灘不可。
＊唰唰——
居然起霧了。
咦？
都這麼晚了，會是誰啊？

啊!?
那不是我已經去世的老婆嗎？
福二忍不住跟在兩人後頭，終於在通往船越村途中的崎之洞出聲叫人。
喂！
*驚
*滿面笑容
啊，果然是我老婆。
和她在一起的男子……究竟是？他也是當時死於海嘯的受難者。

那名男子也是同鄉出身……
對了，在我入贅之前，
曾聽說你們彼此心靈相犀……
我現在和他結為夫婦了。
＊驚嚇
豈有此理！
妳不愛自己的孩子了嗎!?
……
……
＊抽泣
真是不像話……
＊抽泣
……他低頭望著腳邊，待他抬頭一看……
不見了。
＊啊
啊，他們逃走了！
站住

兩人快步離去，
在通往小浦的路上
一轉過山麓後方，
便不見蹤影。
*呼
等等。
這是怎麼
回事……
他們
早就不在
人世了。
……
……
福二完全忘了
要上廁所的事，
在路上痴痴地
站到天亮，
回到家時已經
是早上了。
*唉——
爾後，據說
他心煩意亂了
好一陣子……
*嗯——
這就是……
「死者之詩」呢。

百話
某天，船越村的某位漁夫和同伴們正要從吉利吉里返家。
眾人深夜行經四十八坂附近，在小溪邊遇見一位女子。
搞什麼，那不是我老婆嗎……？
不，這麼晚了，她怎麼可能出現在這種地方。
就是說呀。
想必是妖怪。
他立刻取出切魚的菜刀，從女子身後一刀刺下。
＊哇——
＊碰

這麼一來就會現形了吧。
但他們等了好一陣子……
還是沒有現出原形呢。
真難纏的傢伙。
快點脫掉假面具吧。
……
……
萬一……該不會真的是我老婆吧……
我實在很擔心，先回家看看……
你們就在這裡等它現出原形吧。
好，我們知道了。
漁夫一路跑回家，發現妻子平安無事地待在家中。
咦，你臉色不太對勁，怎麼了？
はあ、はあ
*氣喘吁吁
啊，太好了。

我剛剛做了一個很可怕的夢。
因為你遲遲未歸，我便跑出去找你，卻在山路上被不知道什麼玩意兒給威脅。
正當我以為要沒命時，就醒過來了。
該不會……
於是他急急忙忙地返回原地……
剛剛一瞧，它已經變成一隻狐狸了。
原來如此，竟然是這麼回事……
這隻狐狸潛入人類的夢境裡了呢。

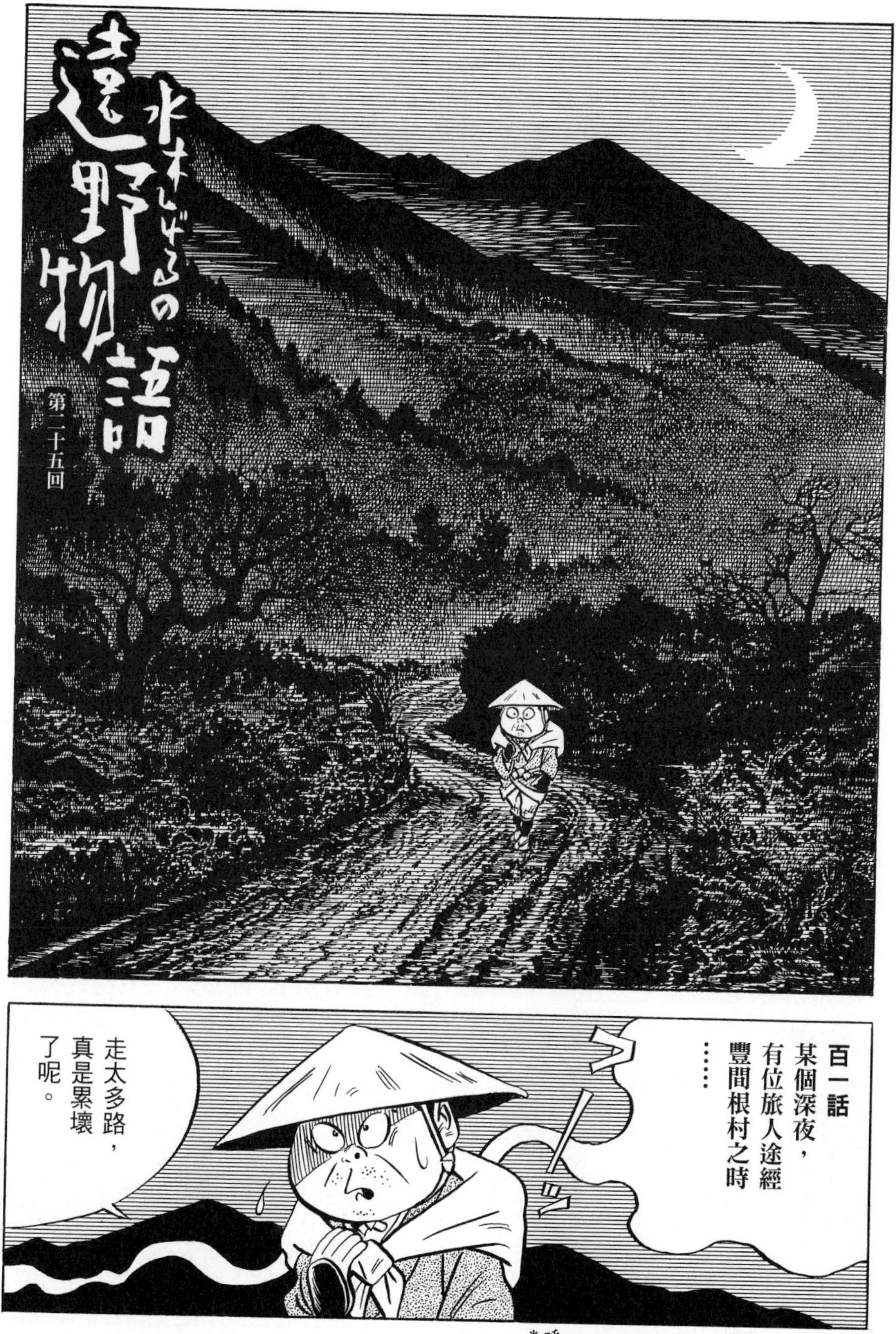
水木しげるの遠野物語
第二十五回
百一話
某個深夜，有位旅人途經豐間根村之時……
走太多路，真是累壞了呢。

＊呼——

他又走了一陣子，終於看到朋友家的燈火。
啊，得救了……請他們讓我休息一下吧。
＊叩叩叩
＊喀啦
啊，你來得正是時候。
我家老奶奶今天傍晚去世，雖然很想找人來幫忙，卻沒有人顧家，正傷透了腦筋呢。
就拜託你幫忙顧一下家了。
哪有這麼亂來的……
實在是給人添盡麻煩！
＊哼
儘管如此，他還是走進屋裡，靠在圍爐旁抽起了菸。

去世的老奶奶應該就躺在後面的房間吧。
* 呼——
* 爬起
* 猛吸
啥!?
* 爬起
去世的老奶奶居然醒過來了!?
* 驚嚇

*唉——
不過，怎麼可能有這種荒唐事。
他慢慢冷靜下來，往四周仔細一瞧……
某個像是狐狸的傢伙正從流理台的排水口鑽出頭來，往死者的方向看去。
キョロキョロ
*東張西望
啊，應該是那傢伙幹的好事吧。
男子悄悄走出屋外，從後門一路繞了過來。

*動來動去
チョロチョロ
果不其然，牠就是從這裡鑽進來的。
*拖出
ズルズル
瞧我怎麼對付你！
*磅唧
這隻附身亡者的臭狐狸！
男子一把拉出狐狸，再用隨手抓到的木棒將牠活活打死。

百三話
「相傳在正月十五當晚，又或是滿月的冬夜，雪女便會出外遊玩。」
每當雪女出門時，都會帶上許多童子。
村裡的孩子們正在附近山坡上滑雪橇。
わーい
わーい
孩子們一玩起來就忘了時間，甚至玩到天黑，唯獨十五日的那一晚……
わーい
わーい

＊耶——

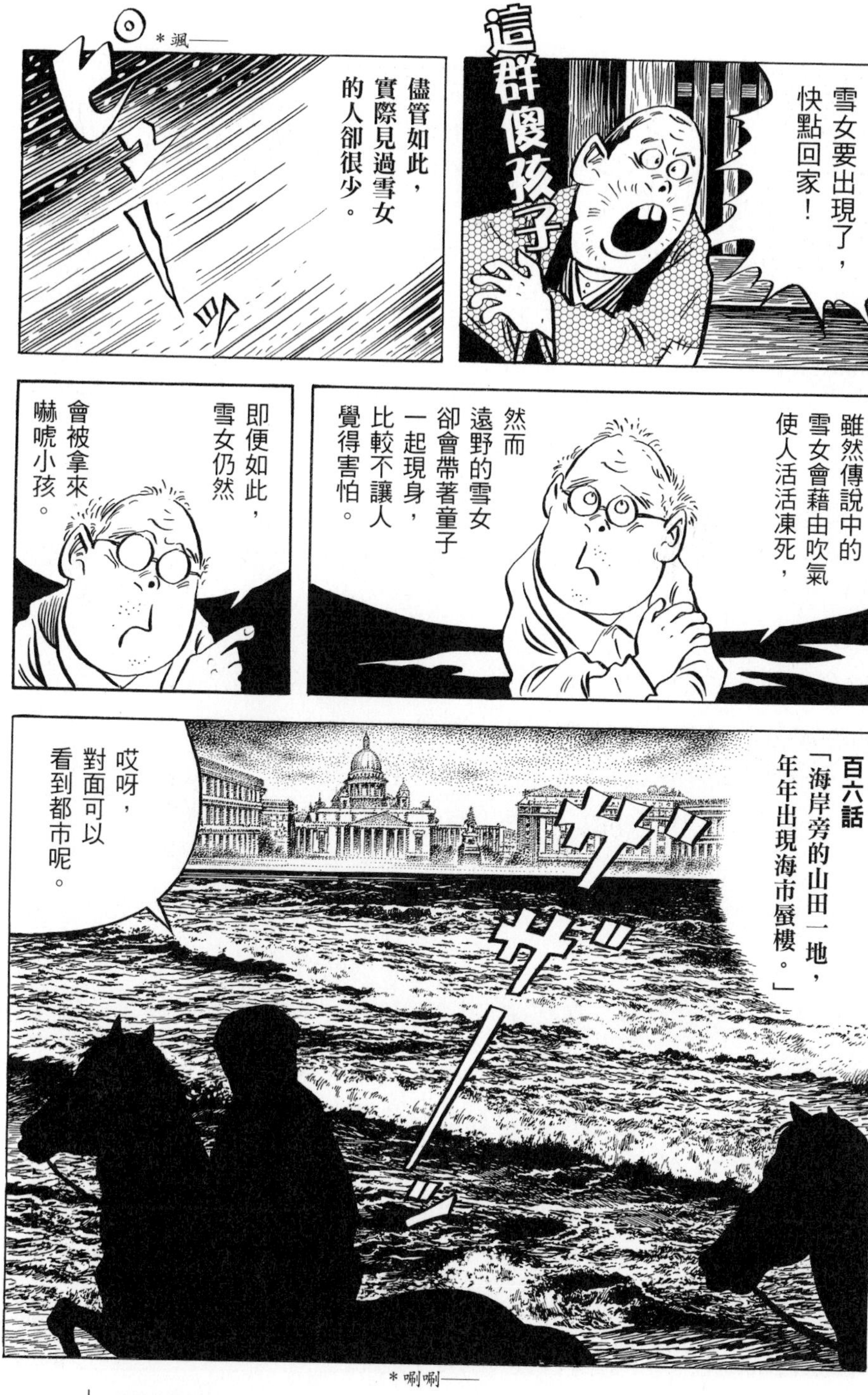

雪女要出現了，快點回家！
這群傻孩子
ピュー
＊颯——
儘管如此，實際見過雪女的人卻很少。
雖然傳說中的雪女會藉由吹氣使人活活凍死，
然而遠野的雪女卻會帶著童子一起現身，比較不讓人覺得害怕。
即便如此，雪女仍然會被拿來嚇唬小孩。
百六話
「海岸旁的山田一地，年年出現海市蜃樓。」
ザザーッ
哎呀，對面可以看到都市呢。
＊唰唰——

那應該是外國的景象吧。
真是富麗堂皇呢。
*吼——
這說不定是「蛟」所幹的好事，
海市蜃樓是牠的拿手好戲。
此外也有這種妖怪。
※「大蛤」

※大蛤……形似巨大蛤蜊的妖怪，吐出的氣會製造出海市蜃樓。又寫作「蜃」。

水木しげるの
遠野物語
第二十六回
百七話
「上鄉村有戶叫河淵的人家，位於早瀨川的岸邊。」
某一天，家中的年輕女兒來到河灘撿石頭時……

與其撿石頭，還不如讓我教妳更好玩的。
來。
頂著一張紅臉的壯漢說完之後，便將樹葉等玩意兒塞給了女孩。
你是誰啊？
我是山神。
山神？
沒錯，我要把占卜術傳授給妳。
相傳從這天起，女孩便習得了占卜術，從此成為山神之子。
山神似乎偶爾會一時興起，主動接近人類，
但也有人是在山神附體之下占卜的。
遠野物語
接下來就是這樣的故事。

百八話
據傳土淵村柏崎的
伐木工孫太郎
某天上山時，
獲得了山神
傳授的法術。
*砰
!?!
*頭昏腦脹
*呼——
總覺得自己
好像獲得了
不可思議
的力量。
從此之後，孫太郎
便能一眼看穿他人
的內心世界。

這種占卜術和世上一般的術法大相徑庭，不必參考任何資料，只需要和來客閒話家常。
某日。
……原來如此……
*起身
……
*躂躂

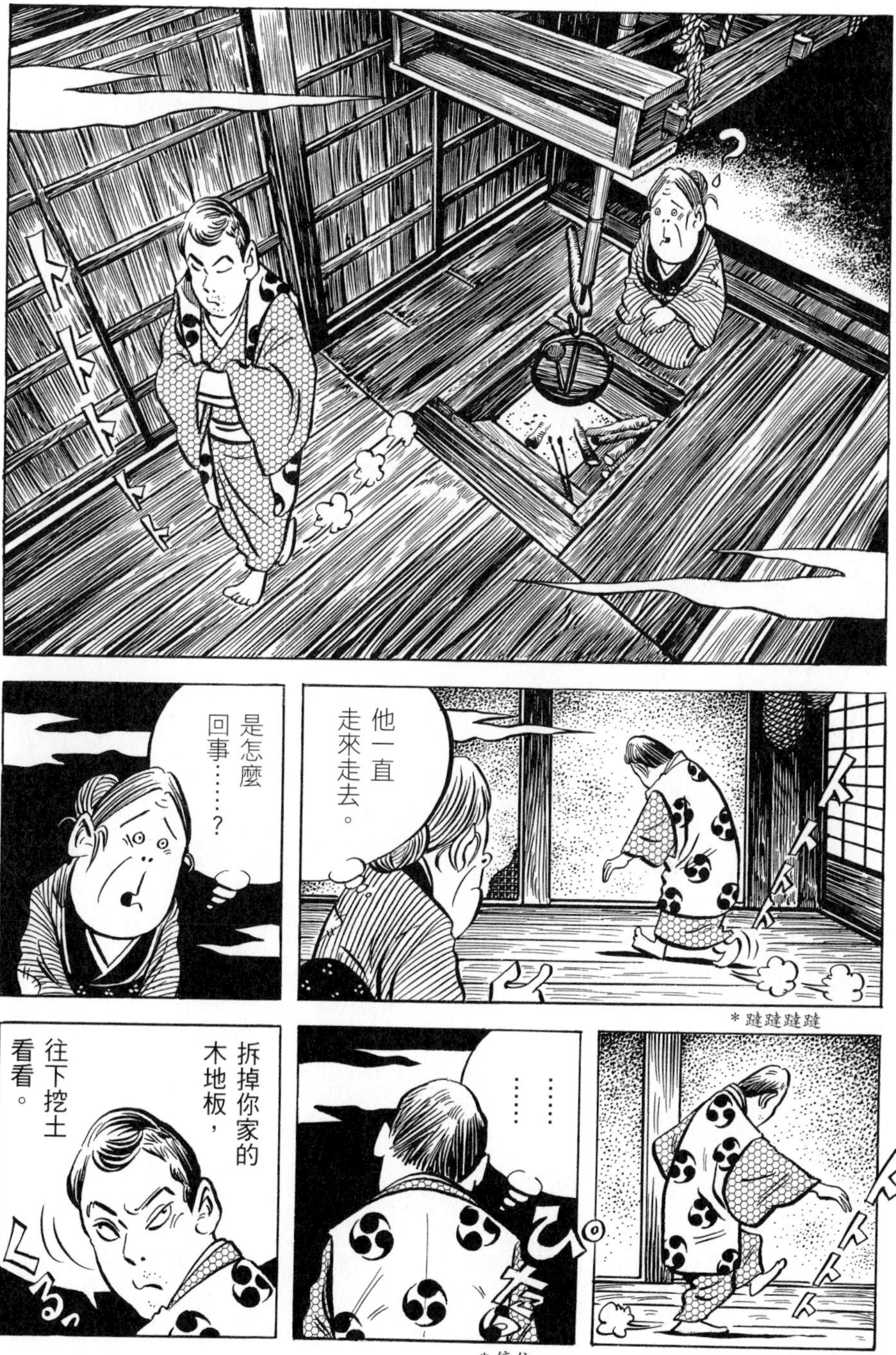
他一直走來走去。
是怎麼回事……？
……
……
拆掉你家的木地板，往下挖土看看。

＊躂躂躂躂
＊躂躂躂躂
＊躂躂躂躂
＊停住
＊轉身

咦!?
應該可以找到古鏡或是斷刃。
不把它取出來的話，很快就會出人命！
＊驚慌失措
又或者是……
房子會被燒掉！
這可不好了！
＊噹啷
老婆婆急忙返家，她拆了木地板，往地面一挖。
哎唷喂呀!?
真的挖出鏡子了！
相傳他的預言不曾落空。

百九話
盂蘭盆節的時候，此地會舉辦「雨風祭」。
啊，這就是那個男女成對的人偶。
祈 豊年万作 二百十日雨風祀
＊哇
這個陽具做得很精細呢。
其陰陽之形是用瓜類製成的。

＊二百十日的雨風祭呀／該祭祀何方／要祭祀北方

※《東國輿地勝覽》……朝鮮王朝時代奉王命編纂的地理誌。原共計五十卷，後增訂至五十五卷，定名為《新增東國輿地勝覽》。

水木しげるの遠野物語
第二十七回
百十話
所謂的「權現神」，指的是神樂舞各組具備一尊的木雕神像，外觀看起來雖然和獅子頭長得很像，但仍有些微不同。

＊咚咚咚咚
權現神不僅會賜予眾多福報，其中對防火消災尤為靈驗。
新張八幡神社的神樂組權現神，與土淵村字五日市的神樂組權現神，過去曾大打出手。
＊吼——

＊吼
新張的權現神最後敗下陣來，失去了一邊耳朵。祂至今仍缺了一隻耳朵……
權現神每年都會繞著各村跳舞遊行，因此此事無人不知。
某一天，新張的神樂組正要從附馬牛村打道回府……
＊嘎——嘎——
太陽要下山了呢。
那裡有一間看起來很窮的人家。

反正也沒找到地方住，今晚就借宿於此吧。
雖然家徒四壁，還請好好歇歇。
當晚，他們先將五升枡倒放，再將權現神置於其上，就這麼入睡了。
*鼾——鼾——
グー グー
*咔滋咔滋
ガジッ ガジッ

什麼聲音？
＊咔滋咔滋
眾人驚醒一看，發現屋簷前端燒了起來。
啊，權現神正在吞食火燄!?
＊咔滋咔滋
權現神當時一邊飛身而起，一邊奮力滅火。
「小孩頭疼時，也會恭請權現神出馬，將疾病一口吞下。」
＊咔滋

百十一話
遠野各地都可以找到壇之塙這個地名。
「相對的，附近必有名為蓮台野的地方。按照習俗，凡年過六十歲的老人都會被驅往蓮台野。」
這裡就是壇之塙的共同墓地。

位於土淵村的蓮台野還蓋有姥捨小屋呢。
小屋裡比想像中還冷呢……冬天應該很不好過吧。
簡直是半隻腳踏入棺材的感覺呢。
咦？

*隆起
ポコ
ポコ
!?
*冒出
モンモン
モンモン
肚子好餓～
這裡真的好冷呢～
*驚嚇
我、我想也是呢。
給我吃點東西吧～
好、好的。
而老人也不會就這麼白白等死，白天到村裡耕田，以換取金錢或農作物維生。
去田裡耕作被稱為「出墳」，傍晚從田裡歸來則被稱為「入墳」。
這些用語聽起來真哀傷呢。

※山姥……住在山中的食人女妖，多半以老嫗的姿態現身。又稱鬼婆、鬼女。

水木しげるの
遠野物語
第二十八回
童話故事都是以「從前從前」開始說起。

所謂的「YAMAHAHA」指的是※「山姥」，遠野這裡就數山姥的故事最多了。

百十六話
「從前從前，某地住著一對夫妻，膝下育有一個女兒。」
我們現在要去鎮上，無論誰來都不能開門。
好的。
女兒關緊了門窗，正獨坐在爐邊……
是誰？

＊驚　＊叩叩叩

＊叩叩
快開門！！
＊叩叩叩叩
不開的話
我就把門踹破
＊怦怦
女兒提心吊膽地開了門。
＊喀啦
是、
是山姥……
？
＊踢躂
喂。
＊碰咚

快點煮飯給我吃。
好、好的。
請、請用……
*咂——
*呼嚕呼嚕
趁山姥忙著吃飯的空隙，女兒偷偷地逃出了家門。

啊～吃飽了、吃飽了。
啊，女孩不見了。
應該是偷偷逃走了吧。
等等
啊，大叔！
山姥正在後頭窮追不捨，快找個地方讓我躲起來！

等到女兒藏進砍好的柴堆時，山姥也隨即趕到。
究竟躲到哪裡去了？
＊哎呀——
應該就藏在這裡頭吧。
ガサガサ
＊窸窸窣窣
山姥試圖爬上這堆柴草，卻不小心失足滑落到山下。
あれ
女兒也趁機逃到了沼澤邊。
啊，這裡無處可躲。
只好爬上這棵樹的樹梢了。
究竟躲去哪裡了!?休想逃！
＊哼
＊撲通
緊追不捨的山姥在沼澤中看到了女兒的倒影。
在水中嗎!?

女兒趁機逃之夭夭。
快救救我！我被山姥追著！
這樣的話，妳最好躲進這裡頭。
啊，這裡有間竹子小屋！
進去一瞧，有位年輕女孩。
＊磅唧
快點，快點！
山姥也隨即追到屋子裡。
女孩究竟跑去哪裡了？
＊喀啦
誰也沒進來。
不，她一定有來這裡！
我聞到了人類的味道……
因、因為我剛剛烤了麻雀來吃。
＊嗅
那我就先小睡一下。
＊哼

要睡石櫃好呢，還是要睡木櫃好呢……
石頭太冷了，還是睡木櫃吧。
……
……
那女孩鎖上了木櫃，並將女兒扶出了石櫃。
我也是被山姥誘拐至此地。
＊呼——
＊呀啊——
女孩將尖錐燒得通紅，一口氣刺穿了木櫃。山姥還以為是老鼠作怪，沒想到洞口中竟倒進了燒開的滾水。
這麼一來，山姥就沒命了。
我們也回家吧。
嗯。
故事到此為止。

水木しげるの遠野物語
最終回
奉納
造訪遠野時，我順道前往了「柳田山莊」。
受到柳田國男老師的孫媳婦、同時也是屋主的柳田富美子邀請。

這棟建築名為
喜談書屋
「綠蔭小舍遠野」，
其中有部份是將
柳田老師住在東京
成城時的客廳，
以及其兒子夫婦的
居處所移建而成。
書屋座落於
遠野市松崎町
的山丘上，
將遠野街景
盡收眼底，
景色相當迷人。
ホホホホ
歡迎來到
此地。
*呵呵呵
這房子
真氣派呢。

*呵呵呵
我明年就滿八十八歲了。
我已經九十歲了唷。
*呼哈
從季節料理會、茶會，到各式各樣的研討會、沙龍派對，
這裡始終廣受各界人士使用。
那要在這裡開妖怪會議也行囉。
沒錯。這裡也有附設螢幕的會議室。
真厲害。
我也想找時間好好整頓一下音響設備。
*呵呵呵
*咿呀

啊!?
柳田老師!?
水木小弟。
在比遠野更為深入的地方還藏有無數的山神山人傳說。
說的沒錯。
光是遠野就收集到這麼多故事了呢。
我從很久以前就對遠野十分在意了。
原~來如此。
而一想到遠野，就不能不提《遠野物語》。
我希望能透過這些故事，將平地人嚇得毛骨悚然。
原來如此……畢竟有不少妖怪的故事呢。
《遠野物語》中雖然很少出現妖怪的名字……

但祂們全都是妖怪呢！
喔喔！
※妖怪名彙……收錄於《妖怪談義》卷末，條列出妖怪名稱的妖怪名錄。
在《妖怪談義》中，柳田老師也透過※「妖怪名彙」介紹了許多妖怪呢。
對呀。
我想應該可以供後人參考吧。
老實說，我也從中參考了不少。
以前實在有很多妖怪呢。
現在雖然很少能感覺到妖怪的存在……
但在《遠野物語》的時代，各式各樣的妖怪都會登場亮相，實在很有趣。
*哈哈哈哈
老師！水木老師！

＊驚
ハッ
＊呵呵呵呵
ホホホホ
啊，柳田老師呢……？
老師也真是的……居然打了瞌睡……
＊呼哈——
フ〜ッ
是夢……
接下來是《遠野物語》的最終話。
百十九話「遠野鄉的獅子舞自古便傳下歌曲。每個村莊的歌曲都略微不同，依本人親耳聽聞，記述如下。」
柳田老師寫下這段前言之後，記錄了獅子舞的歌詞。
まゐり来て此橋を見申せや
いかなもをさは踏みそめたやら
わだるがくかいざるもの

＊我來參見這座橋／富豪長者先來到／你也來、我也踏／橋過苦難跑

＊砰咚砰咚
水木老師也曾親眼見識過遠野的獅子舞……
這實在太厲害了！
＊哇──
這種舞蹈是為了祈求五穀豐收的鄉土藝能，
將獅子當成追逐獵物的山中野獸。
從中呈現野獸和人類激烈打鬥的場面。
＊唐松左右泉水湧／汲之不盡／飲之不竭

水木老師看著看著，心中不禁有種自己上輩子曾居於遠野的感覺。
人類說不定也會投胎轉世……心靈或許是飄浮在半空中，最後才鑽進體內的吧？
而前世的魂魄，說不定來自迴異於血緣（肉體）之處……以一種超乎想像的方式……
不，我上輩子確實是遠野出身的呢。
＊砰咚砰咚
＊賀儀誰人賞／心意定珍藏
＊砰咚砰咚

遠野物語

水木しげるの

漫畫遠野物語：水木茂的妖怪原鄉紀行
水木しげるの遠野物語

作者——水木茂
譯者——酒吞童子
執行長——陳蕙慧
總編輯——李進文
行銷總監——陳雅雯
行銷企劃——尹子麟、余一霞、張宜倩
編輯——陳柔君、徐昉驊、林蔚儒
封面設計——霧　室
排版——簡單瑛設

社長——郭重興
發行人——曾大福
出版者——遠足文化事業股份有限公司
地址——231 新北市新店區民權路 108-2 號 9 樓
電話——(02)2218-1417
傳真——(02)2218-0727
郵撥帳號——19504465
客服專線——0800-221-029
網址——http://www.bookrep.com.tw
Facebook——日本文化觀察局（https://www.facebook.com/saikounippon/）
法律顧問——華洋法律事務所 蘇文生律師
印製——呈靖彩藝有限公司

初版一刷 2019 年 10 月
初版六刷 2023 年 2 月

Printed in Taiwan